아시 4분

코니 팔름크비스트 지음 | 윤경선 옮김

라임

차례

빨간색 버튼

밤 11시 54분, 나는 살아 있다.

어디선가 사람들이 하나둘 죽어 가고 있겠지만, 나는 버젓이 살아서 여기 앉아 있다.

이 순간에도 누군가 죽어 간다.

오늘은 이 사람, 내일은 저 사람.

이 세상에 태어나 이러저러 살아가다가 결국에는 다 사라져 버린다.

그 사람이 어떤 능력을 갖고 있든 아무 상관이 없다.

그건 순전히 신의 손에 달린 일이니까.

나는 신을 좋아하지 않는다.

아니, 이젠 다 싫다. 강아지만 빼고.

내가 있는 곳은 일반 병동이 아니다. 헬싱보리 병원에서 가장 큰 병동으로, 앞쪽이 공터마냥 탁 트여 있다. 바닥에는 녹색 플라스틱 타일이 깔려 있고, 하얀 벽에는 커다란 그림이 군데군데 걸려 있다.

아무리 뚫어지게 쳐다봐도 뭘 그린 건지 도통 알 수가 없다. 참 이상한 색깔의 조합이다. 누구라도 곁에 있다면 저 그림들에 관해 이야기를 나눠 볼 텐데, 지금은 오로지 나 혼자뿐이다.

늦은 밤, 이곳은 텅 비어 있다. 밤이 되면 병원은 문을 닫으니까.

어쨌거나 병원에서 지내는 사람이 아니고선 안으로 들어올 수가 없다. 몸이 아프거나 다친 사람에게만 문을 열어 준다. 이를테면 다 죽어 가는 사람들 말이다.

담배를 피우거나 바람을 쐬러 밖으로 나간 사람들이 간혹 보인다. 그 사람들은 나를 알아채지 못한다. 저마다 자기 걱정에 골몰하느라 다른 사람을 돌아볼 틈이 없는 듯하다.

나는 사람들을 유심히 살피며 관찰한다. 이 자리에 서 있으면 병동 전체가 훤히 보인다. 엘리베이터도 한눈에 들어온다. 위층까지 문이 모두 여섯 개다. 그러니까 6층까지 있는 셈이다.

층마다 뭐가 있는지는 나도 잘 모른다. 3층만 알 뿐이다. 엘리베이터에서 내린 뒤 오른쪽으로 모퉁이를 돌고 나서 접수처에 있는 간호사 누나에게 인사를 한다.

"28호실 환자 가족이에요."

28호실은 엄마가 죽어 가고 있는 곳이다. 엄마는 나에게 그래도 괜찮은지 한 번도 묻지 않았다. 엄마라면 적어도 죽기 전에 아이에게 먼저 물어봐야 하는 것 아닌가.

괜찮은지, 괜찮지 않은지 판단하는 건 오롯이 아이 몫

이어야 한다. 법으로라도 정해 두어야 하지 않나? 그래야 아이가 이렇게 말할 기회를 얻을 테니까.

"엄마가 지금 죽는 것을 법의 이름으로 금지합니다. 다만, 나중에는 가능합니다. 지금으로부터 약 백 년쯤 지난 후에요."

죽어 가는 사람에게는 이런 말을 할 수 없다. 사실 아무 말도 안 하는 편이 낫다. 뭐라고 하든 일단 입을 열게 되면 울음이 터질 게 뻔하다.

한바탕 울고 나면 눈물이 죄다 말라 버린다. 그 뒤에는 눈물도 없이 그저 울기만 한다. 정말이지 최악이다. 슬픔은 가시지 않고, 눈은 따갑다. 엉엉 울고 싶지만 그것마저 뜻대로 되지 않는다.

나는 벌써 다 울어 버렸다.

77번째 메모

눈물이 다 마를 때까지 펑펑 울지는 말 것.

도움이 될 만한 방법들을 공책에 적어 놓고서 필요할 때마다 머릿속에 하나씩 떠올려 본다. 예를 들면, 유튜브에서 강아지 동영상을 찾아보는 것? 애교가 넘치는 강아지나 우스꽝스러운 짓을 하는 강아지를 보고 있으면 절로 웃음이 비어져 나온다.

그러면 적어도 일이 분 정도는 기분이 좀 나아진다. 동영상이 끝나면 다시 정적이 흐르지만. 그땐 또 다른 동영상을 찾는 수밖에.

78번째 메모

기분이 가라앉을 땐 유튜브에서 강아지를 찾아볼 것. 울기 전까지 웃을 수 있으니까.

나는 두 눈을 꼭 감은 채 영상이 쉬지 않고 계속 돌아간다고 머릿속으로 상상한다. 그러다 새로운 강아지가 나타나면 금세 기분이 좋아진다.

어떤 강아지는 달걀을 먹고, 어떤 강아지는 수염이 있

다. 외줄을 타는 강아지도 있고, 노래에 맞춰 짖는 강아지도 있다.

참, 케네디라는 이름을 가진 강아지도 있다. 수십 년 전에 죽은 미국 대통령과 이름이 같다. 이미 세상을 떠난 대통령을 떠올리자 엄마 생각이 나서 공책에 메모를 했다.

79번째 메모

케네디란 이름을 가진 강아지의 동영상은 보지 말 것! 케네디 대통령은 지금 죽고 없으니까.

나는 죽은 대통령의 이름을 전부 검색해서 함께 적어 두었다. 그렇게 하면 루스벨트, 닉슨, 레이건, 부시, 포드, 그랜트 같은 이름을 가진 강아지와 마주칠 일이 없을 테니까.

역시 살아 있는 사람의 이름을 붙인 강아지가 최고다. 죽어 가는 사람을 굳이 떠올리게 하지 않으니까.

하하, 강아지가 재주를 넘네.

하하, 오줌을 지릴 뻔했네.

하하, 하하.

문득 고개를 드니 천장에 천사들이 어른거린다. 마치 불빛 아래에서 맴도는 투명한 유령 같다.

80번째 메모

고개를 절대로 들지 말 것, 특히 병동에선.

고개를 도로 숙이면 재미있는 강아지들이 보인다. 고개를 들고 천장을 올려다보면 언제나 쓸데없는 것들뿐이다.

지금 시각은 밤 11시 57분. 시계를 본 지 고작 삼 분밖에 지나지 않았다. 백팔십 초, 결국 아무것도 아닌 시간.

그때 동전이 바닥에 떨어지는 소리가 들렸다. 동전은 떼굴떼굴 굴러가다가 뚝 멈췄다. 그와 동시에 키가 큰 아저씨가 병동의 모퉁이를 돌아 내 앞에 섰다. 경비원 아저씨였다. 녹색 제복을 입고 베레모를 쓴 아저씨는 시커멓고 투박한 구두를 신었다. 허리춤에는 스마트폰 주머니와 기다란 정찰봉, 둥근 테 안경 등 갖가지 소지품이 주렁주렁 매달려 있었다. 어깨가 떡 벌어진 아저씨의 그림자가 내 몸 위로 드리워졌다.

"너구나."

경비원 아저씨는 말하면서 고개를 끄덕였다. 어른들은 자신이 뭔가 알고 있다는 걸 내색하고 싶을 때면 이렇게 고개를 끄덕이곤 한다. 그다지 좋은 말을 건네는 게 아니라 해도.

"아저씨, 이거 보실래요? 진짜 웃겨요."

나는 신문을 물어 오는 강아지를 보고 일부러 크게 웃으면서 말했다.

"밤늦게까지 여기 혼자 있으면 안 돼. 병문안 온 거니? 아저씨가 부모님께 연락해 줄까?"

경비원 아저씨는 내 말을 듣는 둥 마는 둥 하고서 질문을 퍼부었다. 내 이름을 알고 싶어 하는 눈치였다. 이름을 말하면 그다음엔 누구한테 전화해야 할지를 묻겠지? 그러면 일이 복잡해진다.

나는 고개를 저으며 자리에서 일어섰다.

"엄마한테 갈게요."

나는 엘레베이터가 있는 기둥 쪽으로 성큼성큼 걸어갔다. 위층으로 가는 버튼을 누르고 나서 몸을 돌려 경비원 아저씨를 가만히 바라보았다.

"엄마는 바로 위층에 있어요. 3층에요."

그 말을 들은 경비원 아저씨는 더 이상 엄한 표정을 짓지 않았다. 나는 입술을 깨물고 침을 꿀꺽 삼켰다. 내가 누구인지 아는 듯했다.

엘리베이터에 오르자 머릿속에서 어떤 목소리가 들려왔다. 늘 상상으로 듣던 목소리였다.

'니콜라스를 아니? 키가 좀 작고 덥수룩한 갈색 머리 소년이야.'

다른 목소리가 말했다.

'누굴 말하는지 모르겠어. 몇 살인데?'

'열두 살쯤 됐을걸.'

'흠, 몰라.'

'아니, 그 왜 있잖아. 엄마가 다 죽어 가는 애.'

'아! 걔? 그 애라면 잘 알지!'

여기까지는 상상 속 대화다. 하지만 병원 사람들은 나를 보며 진짜로 이렇게 수군댄다.

81번째 메모

죽어 가는 엄마를 둔 아이처럼 보이지 말 것.

죽어 가는 사람에게 최악은 단지 죽는다는 사실 그 자체가 아니다. 이 세상에 더는 없기에, 영영 사라져야 하기에 슬픈 거다. 그보다 훨씬 더 나쁜 점은 도저히 바로잡을 수 없다는 사실이다. 자신이 했던 잘못과 끝없이 떠오르는 후회, 좋지 않았던 결과 같은 것들을……. 삼 년 전 내 생일 때처럼.

그때 엄마와 아빠는 생일 선물을 잔뜩 사 왔지만, 나는 줄곧 부루퉁한 표정을 지었다. 내가 갖고 싶었던 스마트폰이 아니었기 때문이다. 심지어 소리를 마구 질러 대기도 했다.

왜 그렇게까지 했는지 모르겠다. 나중에는 엄마가 무척 속상해하며 엉엉 울었다. 그것도 엄청 많이. 하지만 나는 사과할 생각조차 하지 않았다. 그러고 나서는 아예 까맣게 잊어버렸다.

요즘은 그날 일이 자주 떠오른다. 아침에 눈을 뜰 때도, 밤에 잠자리에 누울 때도 자꾸 생각이 난다. 엄마가 아프다는 사실보다 그날 일을 곱씹어 본다.

엄마가 기억하는 나의 마지막 모습은 어떨까? 이제 와서 바로잡을 수 있는 건 아무것도 없다. 하루에도 수십 번 같은 생각을 한다. 사람들은 이런 걸 죄책감이라고 하지만, 나는 가슴앓이라고 부른다. 이 말이 천 배쯤은 더 슬프다.

82번째 메모

아무 이유 없이 바보처럼 굴지 말 것. 미안하다고 사과해야 할 일을 잊어버릴지도 모르니까. 오랜 시간이 흐른 뒤에 분명 후회하면서.

엘리베이터가 3층에 도착했다. 나는 엘리베이터에서 내린 뒤 잠시 동안 우두커니 서 있었다. 한밤중의 병원보다 더 쓸쓸한 곳은 없다. 너무나도 고요하다. 멀리서 들려오는 누군가의 발소리와 나직하게 삑삑대는 기계 소리, 그리고 병실 문을 여닫는 소리가 전부다.

벽시계가 밤 11시 59분을 가리켰다. 자정까지 딱 일 분 남았다. 나는 34병동 벨을 눌러 누군가 문을 열어 주길 기다렸다. 이 시각에는 모든 문이 잠겨 있다.

얼마 후 한 손에 전화기를 든 간호사 누나가 나를 보며 미소를 지었다. 썩 좋은 미소는 아니다. 어색하고 안쓰러운 미소다.

간호사 누나가 인사를 건넸다.

"안녕?"

여기서는 사람들이 이런 미소를 흔히 짓는다. 우리 엄

마가 곧 죽을 거라는 사실을 모두 아니까. 아까 경비원 아저씨가 다 안다는 듯 고개를 끄덕였던 것처럼, 간호사 누나도 그저 슬픈 표정을 지어 보이는 것뿐이다.

나는 사람들이 그런 표정을 짓는 게 싫다. 가끔씩 아주 조금 덜 외롭게 해 주긴 하지만, 그것도 아주 짧은 순간에 불과하니까.

간호사 누나가 자리에서 일어나 문을 열어 주었다. 그러고는 내 어깨에 살며시 손을 얹고서 마치 연습한 것처럼 미소를 지어 보였다.

"이 강아지 좀 보세요."

하지만 스마트폰 쪽으로 고개를 돌리지는 않았다. 억지 미소로 내 기분을 맞춰 주는 것까지는 하기 싫은 모양이었다.

"자, 어서 가자."

간호사 누나가 나직이 말했다. 가슴께에 붙은 이름표에는 패리스 라르손 키예르라고 새겨져 있었다. 좀 이상한 이름이다.

우리는 복도를 따라 나란히 걸었다. 은은한 불빛 아래 흐릿하게 그림자가 졌다. 내 신발이 바닥에 끌리면서 끽끽 소리를 내었다.

고무창, 타일 바닥, 사십 킬로그램짜리 남자아이.

"그러니까 네가 지금 열두 살이지?"

28호실 앞에서 간호사 누나가 물었다. 간호사 누나는 문에 달린 창으로 안쪽을 설핏 들여다보았다. 이제 더는 나와 눈을 마주치고 싶지 않은 것 같았다.

나는 착하게 굴려고 짐짓 고개를 끄덕였다. 간호사 누나가 문손잡이를 돌려 문을 열어 주고는 입술을 살며시 깨물었다. 나를 따라 병실 안으로 들어가지 않고, 그대로 복도를 따라 쭉 걸으며 콧물을 훌쩍였다. 흐느끼는 일도 간호사 업무 중 하나인지는 모르겠다. 어쩌면 함께 웃어 주거나 슬퍼해 주는 것 모두가 진심일지도.

나는 엄마에게로 어기적어기적 다가갔다.

엄마가 있는 3층 병실. 빌어먹을, 생각할수록 거지 같은 곳.

실컷 욕을 해도 되는 유일한 공간이다. 물론 내 생각이지만. 뭐, 내가 정하면 그만이지 않은가. 우라질, 망할, 빌어먹을, 거지 같은 곳!

자정이 되어 간다. 그리고 우리 엄마는 죽어 가고 있다, 바로 이곳에서.

1. 한가운데 놓여 있는 침대
2. 삑삑거리며 깜박이는 의료 기계
3. 침대에 누워 있는 엄마
4. 나무 의자에 앉아 있는 아빠
5. 한쪽 벽면에 난 두 개의 창문
6. 노란 꽃다발
7. 거울

불빛이 너무 어두침침해서 내 모습을 분간하기 어려울 듯싶었다. 아빠는 엄마를 위해서라고 말했지만 그건 정말 터무니없는 소리다. 엄마는 온종일 눈을 감고 있기 때문이다. 그것도 무려 일주일 동안이나.

창문에 블라인드를 치지 않아서 높다란 빌딩과 공원의 나무 같은 바깥 풍경이 훤히 보였다. 검푸른 하늘과 뭉게구름과 보름달도 어렴풋이 눈에 들어왔다.

병실에 있을 때는 스마트폰을 갖고 놀지 못한다. 아빠가 화를 내거나 한숨을 쉬니까. 아빠는 내가 아무것도 하지 않고 얌전히 앉아서 엄마만 바라보고 있길 바란다. 그것도 두 눈을 똑바로 뜨고서.

"다 널 위해서야, 니콜라스."

아빠가 말했다. 하지만 그건 말이 안 된다. 엄마를 바라보기만 해도 내 마음은 너무 아프니까. 더구나 지금은 눈물도 다 말라 버렸다.

하얀 티셔츠를 입은 아빠는 며칠째 면도를 하지 않았다. 눈가는 촉촉하고 머리카락은 부스스했다. 온종일 의자에 쪼그려 앉아 침대 난간 사이로 엄마 손을 붙잡고 있었다. 하지만 애석하게도 엄마는 움직임이 전혀 없었다.

"어디 갔다 왔니?"

아빠가 엄마에게서 눈을 떼지 않고서 내게 물었다.

"아래층에."

나는 대수롭지 않은 것처럼 어깨를 으쓱이며 대답했다.

아빠는 몸을 돌려 내 눈을 똑바로 바라보았다. 슬픔이 고스란히 전해져 내 몸이 반으로 쪼개지는 것 같은 기분이 들었다. 아빠 눈을 얼른 피했다. 그러고는 싱크대로 가서 컵에 물을 따랐다.

등 뒤로 아빠의 지친 목소리가 들려왔다.

"어디 가지 말고 여기 있어. 언제 마지막이 될지 모르잖니? 그때가 되면……."

아빠는 말을 더 잇지 못했다. 병실 안은 여전히 조용했다. 삑삑, 기계 소리만 고즈넉이 울렸다. 지옥에서 들려오는 소리처럼.

"네가 나중에 후회할까 봐서 그래."

아빠는 더 이상 아무 말도 하지 않았다. 나는 물 네 컵을 연거푸 들이켜고는 미동도 없이 가만히 서 있었다. 기계를 등지고, 창문을 등지고……. 엄마와 아빠로부터, 온 세상으로부터, 천국과 지옥과 이 모든 현실로부터 등을 돌린 채 우두커니 한참을 그렇게 서 있었다.

아빠는 내 마음이 어떤지 절대로 모를 거다. 물론 엄마와 작별 인사를 나누는 건 중요하다. 하지만 이렇게는 아니다. 엄마는 죽으면 어디로 가는 걸까? 알고 싶다. 그래야 내가 살 것 같다.

아빠가 몸을 쭉 펴며 말했다.

“어쩌면 그리 오래 걸리지 않을지도 몰라.”

아빠 옆에 앉아 그 시간을 얌전히 기다려야 한다지만, 나는 도저히 그럴 자신이 없었다.

“아빠, 미안. 더는 못 있겠어. 이대로 있다가는 아무래도 내가 터져 버릴 것만 같아. 분명 그럴 거야.”

나는 아빠를 흘긋 바라보았다. 뒤로 몇 걸음 물러서다가 그대로 도망쳐 버렸다. 병실 문을 확 열어젖히고서 복도로 쏜살같이 달려 나갔다.

패리스 간호사 누나가 깜짝 놀란 눈으로 쳐다보더니,

나를 붙잡으려고 손을 내밀었다. 하지만 내가 좀 더 재빨랐다. 나는 간호사 누나를 지나쳐 복도를 따라 힘껏 달렸다.

"아니, 얘! 무슨 일이니?"

간호사 누나가 소리치다가 이내 입을 다물었다. 그러고는 무슨 일인지 확인하려는 듯 내가 방금 나왔던 병실로 서둘러 걸음을 옮겼다. 28호실로, 내가 도저히 머물 수 없는 그곳으로.

나는 곧 엘리베이터 앞에 다다랐다. 그나마 답답함을 벗어던질 수 있을 만큼 너른 공간이었다. 주머니 속의 스마트폰이 묵직하게 느껴졌다. 가슴이 마구 뛰었다.

쿵, 쿵, 쿵.

고작 열두 살인 아이가 감당하기에는 너무 버거운 일이다. 지금 당장 도망칠 곳이 아무 데도 없으니까. 사방이 벽으로 가로막혀 옴짝달싹할 수가 없었다. 이럴 때는 정말 어떡해야 좋을까?

다른 간호사 누나가 문이 잠긴 병동 쪽으로 걸어가는

모습이 보였다. 불안한 기색으로 나를 향해 손짓을 하며 연거푸 뭐라고 말을 했다. 저만치 떨어져 있는데도 그냥 거기에 있으라고 애원하는 눈빛이 고스란히 느껴졌다. 웬일인지 간호사 누나는 한참 동안 문을 열지 못했다. 무슨 문제가 생긴 모양이었다.

그때 엘리베이터 문이 스르르 열렸다. 층수 표시판으로 다가가 1층을 누르려는데 낯선 버튼이 눈에 들어왔다. 가장 아래 지하층으로 가는 버튼 밑에 빨간색 버튼이 하나 더 있었다.

전에는 본 적 없는 버튼이었다. 빨간색 버튼이 언제부터 거기에 있었는지 전혀 기억나지 않았다. 숫자나 기호도 없었다. 아무런 표시 없이 그저 버튼만 있었다. 바로 그 순간, 빨간색 버튼이 반짝반짝 빛났다.

나도 모르게 빨간색 버튼을 꾹 눌렀다. 곧바로 엘리베이터 문이 닫혔다. 나를 부르던 간호사 누나가 병동 문을 열었다. 나는 곧장 아래층으로 내려갔다.

83번째 메모

좁은 공간에 들어갈 때는 항상 스마트폰을 갖고 있을 것.

엘리베이터가 덜컹거렸다. 나는 스마트폰을 꺼내 몇 시인지 확인했다. 자정이 막 지난 참이었다. 0시 4분!

나는 스마트폰을 주머니에 도로 넣고 엘리베이터 손잡이를 꾹 붙들었다. 이상한 일이 일어날지도 모르니까.

세상 끝에서 온 기차

몇 초나 지났을까? 엘리베이터가 층과 층 사이에 뚝 멈춰 섰다. 이어서 불이 훅 꺼졌다. 너무 컴컴해서 내 모습조차 보이지 않았다. 이럴 때 손전등이라도 있다면……. 참, 스마트폰이 있었지? 이제야 알아차리다니.

다행히 그때, 불이 반짝 켜졌다. 엘리베이터가 다시 움직였다. 층수 표시판을 보며 숫자를 세었다. 2, 1, B1……. 잠시 후 화면이 깜빡깜빡하더니 '종착역'이라는 글씨가 불쑥 나타났다.

종착역? 여기가 기차역의 마지막이라는 건가?

엘리베이터 안의 거울은 무척 깨끗했다. 내 모습이 아주 또렷이 보일 정도였다. 이름은 니콜라스. 빨간색 후드 옷을 입은, 부스스한 갈색 머리칼의 불쌍한 소년. 창백한 얼굴과 눈물이 그렁그렁한 눈, 떨리는 손. 이런 상황에 놓인다면, 다른 아이들도 나와 같을 수밖에 없을걸.

나는 속으로 중얼거렸다. 그래도 다른 아이들은 병동 3층에서 엄마가 죽어 가진 않잖아. 엘리베이터를 타고 전엔 없던 지하층으로 갑자기 내려가지도 않고.

나는 스마트폰을 켰다. 이상하게도 아직 0시 4분이었다. 엘리베이터 문이 열리지 않아, 스마트폰을 보면서 속으로 숫자 100까지 세었다. 이 분 정도는 지났을 것 같았다. 아니었다. 여전히 시계는 0시 4분을 가리켰다. 그때 스마트폰 화면이 툭 꺼지더니, 엘리베이터 문이 스르르 열렸다.

나는 밖으로 나가 땅바닥에 천천히 발을 내디뎠다. 땅바닥이라는 게 그야말로 딱 맞는 표현이었다. 흔히 보던 건물의 바닥이 아니었으니까.

작은 벽돌을 둥글게 쌓아 올린 지붕 아래로 기다란 자갈길이 펼쳐져 있었다. 전등은 어디에도 보이지 않았지만, 돌길 틈새로 밝고 노란 불빛이 은은히 흘러나왔다. 커다란 기둥이 지붕을 떠받치고 있었고, 초록색 넝쿨이 벽을 타고 불빛을 쫓아 올라갔다.

앞쪽으로 더 가니 움푹 파인 곳에 선로가 기다랗게 늘어져 있었다. 이윽고 녹슨 벽돌색 기차가 보였다. 세 칸짜리 열차였다. 한때는 짙은 녹색이었는지, 군데군데 페인트 자국이 남았다. 유리가 빠진 운전칸에는 주황색 줄무늬가 아무렇게나 그어져 있었다. 선로에는 물이 고여 여기저기 웅덩이를 이루었다.

이곳은 위층보다 훨씬 더 조용했다. 삑삑대는 기계 소리도 없었고, 긴장감에 휩싸인 채 뛰어다니는 의사나 간호사도 없었다.

나는 몇 걸음 더 앞으로 갔다. 신기하게도 여기서는 발소리가 나지 않았다. 너무나 조용했다. 소리가 없어서 그런지, 마치 허공을 걷는 것만 같았다. 땅에서 먼지가 피어오르면서 내 뒤로 발자국이 선명하게 남았다. 단지 소리만 없을 뿐이었다.

소리를 질러 보려 해도 아무 소용이 없었다. 목에서 아무 말도 나오지 않았다. 소리는 오직 내 머릿속에만 있었다. 그러니까 소리는 생각으로만 남아 있는 셈이었다.

엘리베이터 문 사이로 네모난 불빛이 쏟아졌다. 플랫폼에 나무 의자가 여러 개 놓여 있었다. 나는 의자에 앉아 주위를 둘러보았다. 천장에 난 구멍에서 초록 식물들이 아래로 축 늘어져 내려왔다. 그다지 무섭게 느껴지지는 않았다.

바로 그때, 멀리서 어떤 소리가 들려왔다. 나는 그게 일반적인 소리가 아님을 금방 알아차렸다. 정확히는 진동이었다. 발아래에서 땅이 흔들렸다. 의자도 덩달아 흔들리기 시작했다.

저 멀리 터널 깊은 곳에서 빛줄기가 보였다. 빛줄기가 점점 밝아지더니 어둠을 서서히 밀어냈다. 또 다른 녹슨 기차가 미끄러지듯 소리 없이 다가왔다. 선로를 덮은 물웅덩이를 가르며 사방으로 물을 튀겼다. 그 기차는 이미 서 있는 기차 옆으로 오더니 나란히 줄을 맞춰 섰다.

나는 침을 꿀꺽 삼켰다. 스마트폰을 꺼내 보니 화면이 계속 꺼져 있었다. 버튼을 마구 눌러 봤지만 여전히 먹통이었다.

몇 시인지만 보면 되는데. 엄마가, 엄마가 혹시……. 아니야! 생각하지 말자. 그런 생각은 하지 말자, 니콜라스.

나는 끊임없이 나에게 말을 걸었다. 그러고는 눈을 꼭 감은 채 뻣뻣하게 굳어 있었다.

'나를 봐.'

어디선가 낯선 목소리가 들려왔다. 물론, 진짜 소리는 아니었다. 내 머릿속에서 울리는 소리였다.

'나를 봐.'

그 소리가 다시 들려왔지만 나는 눈을 뜨지 않았다. 하지만 목소리의 주인공이 누구인지 궁금해서 몸이 근질근질했다.

84번째 메모

목소리가 들린다면 누군지 꼭 확인할 것.

잠시 후 눈을 떠 보니, 어떤 할머니가 내 앞에 우뚝 서 있었다. 은회색의 긴 머리카락이 허리까지 내려왔다. 예쁜 갈색 눈동자가 옴폭하게 들어가 있었다. 할머니는 상냥하게 웃었다. 아니, 웃고 있는 듯했다. 눈가에 주름이 잡혔으니까.

나는 눈을 가늘게 뜨고 할머니 얼굴을 찬찬히 살펴보았다. 늙은 코끼리 같았다. 마치 피부에 선을 예쁘게 그린 것처럼 주름이 아름답게 새겨진 코끼리.

'코끼리 같다고?'

목소리가 내게 말했다. 나는 입을 벙긋했지만 아무 말도 새어 나오지 않았다.

'생각을 해 봐. 그럼 들을 수 있단다. 나를 코끼리 같다고 생각했듯이 말이야.'

나는 고개를 끄덕이고는 할머니를 바라보며 생각에 잠

겼다.

'진짜 멋진 코끼리를 말한 거예요. 나이가 들어도 정말로 멋진 코끼리요. 언젠가 사진에서 본 적이 있거든요. 저는 주로 강아지 사진을 찾아봐요. 작고 귀여운 강아지들이요.'

할머니가 웃으며 나를 유심히 보더니, 몸을 반쯤 돌려 기둥 사이를 가리켰다. 거기에 시계가 있었다. 지금도 0시 4분이었다.

'종착역은 항상 0시 4분이란다.'

나는 도저히 믿을 수가 없었다.

지금 일어나는 일이 사실이라고? 내가 실제로 헬싱보리 병원 지하에 있는 오래된 기차역에서 어떤 할머니를 만나 이상한 대화를 나누고 있다면……, 여기에 왜 다른 사람은 없는 거지?

이건 할머니가 아니라 나를 향해 던진 질문이었다. 내 마음속에서 오간 질문이랄까. 내가 꿈이라도 꾸는 걸까?

이번엔 할머니에게 물었다.

'여긴 어디예요?'

할머니는 소리 없이 길게 숨을 내쉬었다.

'중간 세계란다.'

나는 어리둥절한 표정을 지었다. 그러자 할머니가 곧바로 설명했다.

'삶과 죽음 사이에 있는 세계지. 인생은 한 방향으로 여행을 하기 때문에 사람이 여기에 왔다는 건 삶이 모두 끝났다는 걸 뜻해. 그러니까 너는 여기에 있으면 안 돼. 방문객은 올 수 없는 곳이거든.'

무심코 고개를 끄덕였지만 사실 무슨 소리인지 전혀 이해하지 못했다. 아무리 생각해 봐도 모든 게 엉망진창이었다.

나는 할머니 눈을 가만히 바라보았다.

'근데 왜 저만 여기 있는 거예요?'

할머니가 빙긋 웃었다.

'정말 모르겠니?'

나는 고개를 끄덕였다.

'니콜라스, 네가 시간을 멈춘 거란다. 0시 4분, 너희 엄마가 세상을 떠나기 이 분 전으로 말이지.'

'제가요?'

나는 깜짝 놀란 나머지, 자리에서 벌떡 일어났다. 할머니는 고개를 끄덕이며 허리를 꼿꼿하게 세웠다.

'너도 알잖니?'

나는 어안이 벙벙해졌다.

'자, 니콜라스. 이제 미래로 갈 거니? 아니면 과거로 갈 거니?'

할머니는 내 대답을 기다리지 않고 곧장 몸을 돌렸다. 나는 재빨리 할머니를 뒤따라갔다. 기차 주위에는 풀 무더기가 자라고 있었다. 작고 하얀 꽃 두 송이가 머리를 비죽 내밀었다.

85번째 메모

누군가 미래나 과거로 가겠냐고 묻는다면, 그게 무슨 뜻인지 알 때까지 대답하지 말 것.

먼지 쌓인 플랫폼을 걷는데도 할머니 옷자락에는 티끌 하나 묻지 않았다. 마치 공중에 붕 뜬 채로 움직이는 것 같았다. 치맛단 밑으로 발도 보이지 않았다.

앞서가던 할머니가 우뚝 멈춰 서서 나를 돌아보았다.

'이제 선택해야 해, 니콜라스. 미래로 갈래? 아니면 과거로 갈래?'

나는 결심한 듯 고개를 끄덕였다.

'과거로요.'

할머니는 왠지 기뻐하는 것 같았다. 나는 할머니가 엄마에 대해 아무것도 묻지 않아서 괜스레 마음이 놓였다. 아까 병실에서 멋대로 뛰쳐나와 어쩌면 아빠는 무척 화가 나 있을지도 몰랐다. 지금은 어떤 상황일까? 아빠도, 엄마도.

'너희 아빠는 아무것도 안 하고 있어.'

할머니가 말했다.

'제가 시간을 멈춰서 그런가요?'

'그렇지, 영리하구나.'

'그럼 엄마는 아직 안 죽은 거예요?'

할머니는 숨을 크게 내쉬더니 손을 뻗어 내 볼을 쓰다듬었다. 나는 할머니 손이 유령처럼 내 볼을 통과해 아무런 느낌이 안 날 줄 알았다. 그런데 아니었다. 볼에 닿은 할머니의 손바닥이 차갑지만 부드러웠다.

'기차에 올라타, 니콜라스. 이제 시간이 됐어.'

'할머니도 같이 가시나요?'

할머니는 따뜻하게 웃으며 객차로 올라가는 작은 사다리를 가리켰다. 그러고는 내가 기차에 잘 올라갈 수 있도록 도와주었다. 얼마 지나지 않아, 할머니가 따라오는 기척이 느껴졌다.

기차 내부는 내가 상상한 모습과 사뭇 달랐다. 좌석이 앞쪽을 향해 줄지어 있지 않고, 빨간 가죽으로 감싼 기다란 의자가 양쪽 벽면을 마주하고 있었다. 벽면은 온통 주황색이었으며, 천장에서 내려온 줄 끝에는 동그란 고리가 매달려 있었다.

의자에 앉아 주변을 이리저리 둘러보았다. 텅 빈 객차

가 몹시 낯설게 느껴졌다. 할머니는 맞은편에 앉아 손을 무릎에 살포시 내려놓고는 두 눈을 꼭 감았다.

기차가 서서히 움직이기 시작했다. 마치 꿈속을 달리는 듯 조용했다. 나는 정말로 이 모든 게 꿈인 것만 같았다.

할머니가 갑자기 눈을 뜨더니, 내 뒤쪽의 창문을 보며 뭐라고 중얼거렸다. 뭘 보는 건지 알 수가 없었다. 곧이어 기차가 어두컴컴한 터널로 들어가는 바람에 더더욱 아무것도 보이지 않았다.

'그리 멀리 가지는 않을 거야.'

할머니가 말했다.

'멀리 안 간다고요?'

'우리가 어디로 가는지 잘 알고 있잖니, 니콜라스.'

할머니의 눈이 그렇게 말했다.

맞다. 나는 잘 알고 있다.

'2021년으로요.'

'그래.'

'하지만 말도 안 돼요. 지금은 2024년인데요. 그때로

돌아가는 건 불가능하다고요.'

할머니는 고개를 끄덕이고는 은빛 머리칼을 손으로 천천히 쓸어 넘겼다.

'시간이 멈춘 건 말이 되고?'

'물론, 그것도 말이 안 되죠.'

'아직도 0시 4분이야. 그렇지 않니?'

할머니가 내 뒤에 있는 둥그런 시계를 눈짓으로 가리켰다. 까만 시곗바늘은 그대로 멈춰 있었다. 기차를 탈 때만 해도 시계가 없었던 것 같은데……. 분침에는 먼지가 조금 쌓였고, 시침은 뭔가 헐거워 보였다.

'기억해. 딱 한 시간 동안만 기차에서 내릴 수 있어.'

할머니는 고개를 꼿꼿이 들었다.

'한 시간이요?'

'그렇단다.'

그 시간 동안 뭘 어떻게 하라는 건지 묻고 싶었지만, 그럴 틈이 없었다. 모든 일이 순식간에 일어나 휙휙 지나가는 것만 같았다.

'지금이야! 어서 내려!'

할머니가 자리에서 일어서더니, 천장에 매달린 손잡이를 잡아당겼다. 그러자 기차가 조금씩 느려지는 듯한 느낌이 들었다. 기차가 선로를 미끄러지듯 나아가다가 완전히 멈춰 섰다.

'알겠지?'

할머니가 내 손을 잡아 일으켰다. 할머니 앞에 서자 창밖이 환해졌다. 창문으로 쏟아져 들어오는 햇살 때문인지 공중에 날아다니는 먼지들이 반짝반짝 빛났다.

'시간이 멈췄는데 뭘 해야 할지 모르겠다고?'

할머니가 따뜻한 눈길로 나를 바라보았다.

'죄송해요.'

'그런 말은 하지 않아도 돼.'

'진짜로 죄송한걸요. 정말로 뭐가 뭔지 아무것도 모르겠어요.'

할머니가 걱정스러운 표정을 지었다. 나는 몸을 휘청이며 기차에서 내렸다. 그러자 기차가 순식간에 사라져 버렸다.

나는 헬싱보리 크리스마스 34번길에 서 있었다. 늦은 오후인지, 고층 빌딩과 낮은 건물들 뒤로 해가 뉘엿뉘엿 넘어갔다.

이곳은 한겨울이었다. 너무너무 추웠다. 길가에 눈도 잔뜩 쌓여 있었다.

나는 곧장 아파트로 향했다. 비밀번호를 누르고 문을 열었다. 지금까지는 매우 순조로웠다. 천천히 계단을 올라가 보니 현관문이 조금 열려 있었다. 이상하리만치 조용했다.

집 안은 내가 기억하는 모습 그대로였다. 벽걸이에는 외투가 나란히 걸려 있었고, 선반에는 엄마 모자와 아빠 모자, 내 모자가 차례로 놓여 있었다. 현관 바닥에 반가운 신발들이 보였다. 그리고 누군가가 부엌에서 부산스럽게 움직이고 있었다.

나는 큼큼 소리를 내며 목청을 가다듬었다.

"니콜라스, 왔니?"

엄마가 먼저 알아채고 부엌에서 소리쳤다. 나는 운동화를 아무렇게나 벗어 던졌다.

"응, 엄마! 나, 왔어!"

2021년 2월 27일, 오후 3시 30분. 3년 전, 내 생일날이다. 그때 나는 아홉 살이었다. 현관 앞 벽거울에 비친 내 모습이 보였다. 키가 좀 작아지고 머리는 지금보다 더 길어 마치 크리스마스 요정 같았다. 어두워서 그리 또렷하진 않았지만.

나는 복도를 따라 걸었다. 어두운 현관에서 밝은 부엌을 향해.

나에겐 딱 한 시간밖에 없다. 그 안에 모든 일을 바로잡을 수 있을까? 뭐든 해야 한다, 할 수만 있다면.

내게 주어진 딱 한 시간

나는 집에 들어오면 신발을 벗고 곧장 부엌으로 뛰어가곤 했다. 부엌까지는 이 초. 오늘은 천천히 걸어가는 바람에 삼십 초쯤 걸렸다. 복도 오른편에 있는 문 안쪽을 들여다보고 나서 잠시 멈춰 섰다.

내 방이었다. 내 기억 그대로였다. 벽에는 강아지 사진이 잔뜩 걸려 있었다. 큰 강아지, 작은 강아지, 하얀 강아지, 까만 강아지, 갈색 강아지. 모두 우스꽝스러운 표정이었다. 그때는 그 모습들을 보고 그저 즐겁게 웃었지.

나는 방문을 닫았다. 그러고는 차분히 걸음을 옮겼다.

무대 위에서 조명을 받은 것처럼 엄마가 뒤돌아 있었다. 평소처럼 엄마는 미트볼을 굽는 중이었다. 물론 그래야지, 평범한 날이니까. 2021년에는 아무 일도 없었다. 나빠진 건 그 후였다.

나는 식탁에 앉아 엄마가 쌓아 둔 광고지를 물끄러미 바라보았다. 가구점과 음식점, 은행의 전단지들. 엄마는 장난감 광고지 같은 건 꼭 따로 모아 두곤 했다.

“우리 귀염둥이 왔니?”

엄마가 말했다. 집에 오면 늘 하던 말이었다. 우리 귀염둥이 왔냐고. 그러고 나서는 학교에서 뭘 배웠는지, 오늘 하루가 어땠는지, 기분 나쁜 일은 없었는지 다정하게 묻곤 했다.

엄마는 여전히 몸을 돌린 채 프라이팬에 담긴 미트볼을 뒤집고 있었다. 나는 엄마가 다음으로 무슨 말을 할지 빤히 안다. 그대로 입술을 따라 움직일 수도 있을 만큼.

그날 엄마가 한 말을 모두 외우고 있으니까.

이 순간도 기억한다.

오늘은 내 생일, 그러니까 최악의 날이다.

“학교에서 별일 없었니? 이를테면 특별한 일 말이야.”

엄마가 미트볼을 계속 뒤집으며 말했다. 아무것도 모르는 말투로.

그날 엄마는 야간 근무가 있고 아빠는 낮 근무만 하는 날이었다. 지금은 오후니까 엄마는 잠을 좀 자 둬야 했다. 나에게는 딱히 별다를 게 없는 날이었다.

“음, 아마도?”

나는 웃으며 겨우 대답했다. 그러고는 시계를 보다가 화들짝 놀라고 말았다.

벌써 십 분이 지나 있었다. 3시 40분. 나에게 주어진 시간이 오십 분으로 줄었다. 이제 뭘 해야 하지? 도무지 알 수가 없었다. 어쩌면 이대로 시간만 흘려 버릴 것 같았다. 엄마의 숨이 멈추는 시각이 다가올 때까지 잠깐 함께 있는 게 전부가 될지도 모른다.

지금이 바로 삼 년 전 그날이다. 한 시간, 딱 한 시간의 시간이 주어진다면 나는 뭘 해야 할까? 엄마가 미트볼을 굽던 프라이팬을 들어 올리며 돌아섰다.

어깨까지 내려오는 금발이 매우 단정했다. 풍성한 머리카락이 한 올 한 올 보일 정도로 가지런히 빗겨 있었다. 엄마의 머리카락을 볼 때마다 감탄했던 기억이 났다.

"음, 오늘 누구 생일인가 봐?"

나는 그날보다 더 빨리 말을 내뱉었다. 벽시계의 초침 소리가 나를 초조하게 만든 탓이다. 똑딱똑딱, 똑딱똑딱. 시계 소리가 머릿속에서 연방 울려 댔다.

엄마는 다 끓인 스파게티 면을 건져 내어 물기를 탈탈 털었다. 그러고는 큼직한 접시에 담은 후 미트볼을 집어서 소담스럽게 올렸다. 미트볼 스파게티가 담긴 커다란 접시. 맛이 어땠는지도 똑똑히 기억한다. 어제 일처럼 선명하게 다 생각이 난다.

"생일? 아무 말도 못 들었는데?"

엄마는 부엌을 가로질러 냉장고 쪽으로 다가갔다.

"생일이라면 냉장고에 케이크 하나쯤은 있어야지! 근데 케이크를 못 본 것 같은데……."

엄마는 냉장고 문을 열어 두고는 천천히 돌아섰다. 그러고는 일부러 깜짝 놀란 표정을 지으며 나를 향해 환하게 웃었다.

엄마 손에 초록색 케이크가 들려 있었다. 케이크에는 '사랑하는 니콜라스, 생일 축하해!'라는 글자가 하얀색으로 장식되어 있었다. 엄마는 내가 큰 소리로 환호하며 웃을 거라고 기대할 터였다. 그날 내가 그랬던 것처럼.

그래, 그땐, 그땐 그랬다.

하지만 지금의 나는 울음을 터뜨릴 수밖에 없다. 다시는 엄마에게서 '사랑하는 니콜라스'라는 말을 들을 수 없다는 걸 알기 때문이다. 그땐 눈물을 흘리지 않았는데 지금은 내 눈이, 내 얼굴이 눈물로 가득 찼다. 눈물이 뺨을 타고 흘러 내 턱으로, 내 손으로 뚝뚝 떨어졌다.

엄마는 깜짝 놀라 케이크를 허겁지겁 식탁에 내려놓

았다. 냉장고 문을 급히 닫고는 내 눈높이에 맞춰 의자에 천천히 앉았다.

"학교에서 무슨 일 있었니?"

엄마가 내 얼굴을 살피며 조심스레 물었다. 한 손은 내 다리에, 한 손은 엄마 턱에 올린 채 내 대답을 차분히 기다렸다.

"니콜라스, 지금까지 학교생활이 힘들다고 한 적은 없었잖니? 친구도 많고, 선생님들도 다 좋으시잖아. 그 친구 이름이 뭐지? 스반테……."

"그런 거 아니야, 엄마."

나는 엄마를 멀거니 바라보았다. 엄마는 예전 모습 그대로였다. 얼굴이 창백하지도 않았고, 코에 끼운 줄도 없었다. 주변에 삑삑대는 기계 역시 보이지 않았다. 오직 엄마가 맛있게 만든 음식이 있을 뿐이었다.

엄마와 내가 함께였다. 창문으로 들어온 햇살이 눈부시게 반짝였다.

"엄마한테 말해 봐. 네가 이러면 엄마가 걱정되잖아.

오늘 네 생일인데, 응? 제발."

나는 그저 고개만 끄덕였다. 내 속에 있는 말을 어떻게 끄집어내야 할까? 도무지 방법이 없었다. 엄마가 죽는다고, 당장 병원에 가야 한다고 말해 버릴까? 지금 병원에 가면 의사들이 어디가 잘못됐는지 알아내서 엄마를 고쳐 줄지도 모른다고 말해 버릴까? 하지만 나는 생각한 대로 말하지 못했다.

"엄마 죽는 거 싫어. 엄마, 죽지 마!"

뜬금없는 말이 터져 나오고 말았다. 나는 이 말만 계속하며 울었다. 너무 울어서 온몸이 달달 떨렸다. 엄마는 물론, 그 누구도 예상치 못한 말이었다. 그날은 내 생일이었고, 엄마는 아직 병에 걸리지 않았으니까.

어떤 바보가 이럴까? 바로 나다. 니콜라스 안데르손.

나는 같은 말만 반복했다. 엄마가 의자를 끌고 와서 내 앞에 바짝 다가앉았다. 그러고는 내 손을 잡고 살살 어루만져 주었다.

엄마가 갑자기 울기 시작했다. 내가 엄마를 울리고 말

았다. 나는 정말 쓸모없는 녀석이야.

"우리 아들."

엄마는 머뭇거리다가 말을 이었다.

"엄마 안 죽어. 그러니까 아직 안 죽어. 아주아주 오랜 시간이 지난다면 모를까."

잠시 정적이 흘렀다.

"혹시 무서운 꿈을 꾸었니? 그래서 기분이 안 좋은 거야?"

무슨 말을 해야 할까? 엄마, 나 사실은 미래에서 왔어. 아빠가 집에 돌아올 때쯤이면 나는 다시 돌아가야 해. 시간이 얼마 없어.

하지만 역시 생각한 대로 말할 수가 없었다.

"응, 나쁜 꿈을 꿨어."

86번째 메모

시간여행을 한다면 절대로 그 사실을 누설하지 말 것. 문제를 더 복잡하게 만드니까.

엄마가 울음을 그쳤다.

"그럼 우리, 케이크부터 먹을까? 아빠 오시기 전에? 아빠는 6시가 넘어야 오실 거야. 단걸 먹으면 기분이 좀 좋아질지도 모르잖아."

"응, 좋아."

엄마는 커다란 유리잔에 주스를 따랐다.

어느덧 4시 15분이다. 십오 분밖에 남지 않았다. 나는 점점 초조해졌다. 이제 똑같은 기차를 타고 똑같은 종착역으로 돌아가는 걸까? 아니면 엘리베이터를 타고 병원으로 올라가는 걸까?

모르겠다. 내가 아는 건 엄마가 곧 죽는다는 사실뿐. 이대로 아무것도 하지 않는다면 엄마가 정말로 죽을지도 모른다.

87번째 메모

이대로 그만두지 말 것. 그건 포기와도 같으니까.

"케이크 더 줄까?"

엄마가 자꾸만 눈치를 살폈다. 준비해 둔 생일 선물을 언제쯤 꺼낼지 고민하는 것 같았다. 하지만 나는 선물 따위는 보고 싶지 않았다. 선물을 뜯어 보느라 남은 십사 분을 허비하고 싶지 않았다. 아니, 십삼 분이다. 십이 분, 팔 분, 칠 분, 오 분……. 선물 따윈 아무래도 상관없어. 그건 내 알 바 아니야.

엄마가 라디오를 켰다. 주파수를 맞추는 소리를 듣자 마음이 한결 차분해졌다. 그때 앤디 윌리엄스가 부른 〈달빛이 흐르는 강(Moon River)〉이 흘러나왔다.

달빛이 흐르는 아주 너른 강.

언젠가는 너를 멋지게 건너갈 거야.

너는 나를 꿈꾸게 하고 마음을 아프게도 해.

네가 어디로 가든 나는 너를 따라갈 거야.

세상을 보기 위해 떠도는 두 사람.

세상에는 참으로 볼 게 많지.

"어머, 내가 제일 좋아하는 노래네!"

엄마는 노래를 듣자마자 나를 향해 손을 뻗었다. 나는 의자에서 일어나 엄마와 함께 춤을 추기 시작했다. 부엌 한가운데서, 언제나 그랬듯이.

"엄마는 이 노래가 진짜 좋아, 니콜라스."

삼 분이 지났다. 나는 아직 준비가 되지 않았다.

그때 엄마가 늘 하던 말을 했다. 우리가 춤을 추거나 소파에 나란히 앉을 때마다 늘 하던 그 말. 지금 막 생각난 것처럼 꼭 해야 한다는 표정으로. 진짜로 고귀한 황금을 대하듯이 나를 그윽히 바라보며 속삭였다.

"니콜라스, 엄마에게 너는 빛나는 갑옷을 입은 기사님이야. 엄마 삶의 빛이지. 네가 없다면 어쩔 뻔했을까? 넌 정말 멋진 아들이란다."

나는 엄마를 올려다보며 고개를 끄덕였다.

"그래서 엄마가 내 이름을 산타클로스에서 따서 지었잖아."

"맞아!"

엄마가 내 말에 크게 웃었다.

내 이름은 성 니콜라스 대주교의 이름에서 따왔다. 엄마가 자주 이야기했다. 산타클로스는 무슨 일이든 가능하게 한다고. 어린이와 어부와 힘없는 자를 위한 수호성인이라고. 궁수들의 수호성인이라는 말도 해 주었다.

"음, 니콜라스."

엄마가 춤을 추며 또 말했다. 노래는 계속 흘러나왔다.

"넌 빛이란다. 아니, 네 안에 빛을 지녔지. 빛을 지닌 아이야."

나는 고개를 끄덕였다. 전에도 여러 번 들었던 말이다. 나도 그렇게 믿었다. 하지만 지금은 아니다. 나에게 빛이 있다면 엄마가 죽어 갈 리 없잖아.

노래가 점점 잦아들었다. 엄마는 식기세척기에서 바로 꺼낸 접시에 음식을 소복하게 담았다. 깨끗하게 닦인 접시에서 온기가 느껴졌다.

"저녁 먹자. 세상에, 이렇게 나쁜 엄마가 어디 있담! 애한테 케이크부터 먹이다니. 다음엔 절대로 안 그럴게."

엄마가 활짝 웃으며 말했다. 나도 따라 웃다가 눈물이 왈칵 차올랐다.

"니콜라스, 또 우는 거야? 이제 그만 울어! 자꾸 울면 안 좋아, 응? 이제 무슨 일인지 말해 봐."

엄마가 접시를 조리대에 내려놓고 가까이 다가왔다.

이 분밖에 남지 않았다. 꾸물대는 사이에 시간이 금방 지나 버렸다. 나는 꿈이 너무 생생했다고 하면서, 엄마가 꼭 의사를 찾아가 진찰을 받았으면 좋겠다고 말했다.

"정말로 무서운 꿈이었단 말이야. 엄마, 알았지? 병원에 꼭 가기로 약속할 거지?"

간절함을 담아 거짓말을 할 수밖에 없었다. 미래에서 왔다고 말할 수는 없으니까. 엄마가 입술을 삐죽이며 고개를 끄덕였다.

"아휴, 알았어."

"엄마가 그렇게 해 주는 게 내 생일 선물이야."

시계가 마지막 이십 초를 남겨 두고 똑딱거렸다. 내 말을 듣고 나서 엄마가 거실을 손으로 가리켰다.

"맞다! 진짜 생일 선물도 사 뒀어!"

"나도 알아. 스마트폰이랑 강아지 그림이랑 신발이랑 샀잖아. 근데 내가 선물에 대해 무슨 말을 하든 조금도 귀담아듣지 마. 특히나 불만 같은 거……. 무조건 다 내 맘에 드니까."

엄마가 나를 빤히 바라보았다.

"아니, 그걸 어떻게……."

그러고는 뒷걸음질치며 말했다.

"스마트폰은 오늘 아침에 골라서 몰랐을 텐데……."

순간, 사방이 어두컴컴해졌다.

우리 집도, 엄마도 모두 순식간에 사라져 버렸다.

그곳에는 과거의 나와 내 말을 이해하려 애쓰는 엄마만 남아 있겠지. 아무 소용 없을 거다. 과거의 나는 방금 무슨 일이 일어났는지 상상도 못 할 테니까. 지금의 나조차도 이해할 수 없는 일인걸.

속이 메스꺼워지면서 배가 아파 왔다. 나는 어둠 속에

서 어딘가로 향하고 있었다. 금방이라도 토할 듯이 울렁거렸다.

88번째 메모

과거로 돌아가서 뭔가를 바꿨다면, 미래도 바뀐다는 사실을 염두에 둘 것.

또다시 0시 4분

깜박 잠이 들었다가 전혀 모르는 장소에서 깨어난 기분이었다. 조금 전만 해도 2021년이었는데, 다시 2024년이 되어 있었다. 어쨌든 적응해야 한다.

나는 의자에 앉아 있다. 헬싱보리 병원 안에 있는 복도다. 머리가 빙빙 돌고 눈앞이 흐릿했다. 생각하기도 전에, 무슨 생각을 하게 될지 이미 알아 버린 기분이었다.

자정이 다 되어 가는 시각, 나는 살아 있다.

어디선가 사람들이 하나둘 죽어 가고 있겠지만, 나는

버젓이 살아서 여기 이렇게 앉아 있다.

이 순간에도 누군가 죽어 간다.

내일은 이 사람, 내일은 저 사람.

모든 일이 시작된 장소였다. 엄마가 죽어 가는 모습을 지켜봐야만 하는 곳.

고개를 들어 벽에 걸린 시계를 바라보았다.

하지만 굳이 보지 않아도 알 수 있었다.

2024년 3월 22일, 밤 11시 54분.

나는 다시 돌아왔다.

89번째 메모

시간을 거슬러 갔다면, 언젠가는 돌아온다는 사실도 알아 둘 것.

나는 주머니에서 스마트폰을 꺼냈다. 관심 없는 동영상들을 쭉쭉 내린 뒤, 아이스크림을 허겁지겁 먹는 강아지 영상을 찾았다. 강아지 얼굴은 금방 아이스크림 범벅이 되었다.

하하, 정말 재밌네.

하하, 진짜 재밌어.

예전만큼은 아니지만.

유튜브 영상을 즐겨 본 지 일 년이 다 되어 간다. 아마 그쯤 되었을 거다. 엄마가 아프다는 걸 알고 난 후부터 보기 시작했으니까.

2023년 3월 23일, 그날은 기분이 썩 좋지 않았다. 엄마가 헬싱보리 병원의 카페에서 만나자고 했다. 나는 왜냐고 묻지 않았다. 병원이라는 데는 멀쩡한 사람이 가도 침울해지는 곳이니까. 한 사람이 아프면 두 배로 슬퍼지는 곳 아닌가. 그래도 나는 엄마를 보러 학교가 끝나자마자 병원으로 갔다.

엄마는 바퀴가 달린 링거 거치대를 질질 끌면서 내게로 다가왔다. 한쪽 팔에는 링거 주삿바늘이 꽂혀 있었다.

엄마는 나에게 달콤한 빵과 초콜릿 과자를 사 주었다.

"뭐 좀 더 먹을래?"

나는 심각한 이야기라는 걸 깨달았다. 짧은 순간에, 엄마가 죽을지도 모른다는 생각이 들었다.

나는 늘 생각한다. 엄마들은 절대로 죽으면 안 된다고. 아이들이 원하지 않는다면 더더욱. 하지만 엄마들은 죽는다. 아무도 개의치 않는다. 담당 의사들조차 전혀 신경 쓰지 않는다.

우리는 카페에서 가장 구석진 자리에 앉았다. 주위에는 아무도 없었다. 엄마는 탁자 위로 팔을 뻗어 내 손을 꼭 잡고서 말했다. 의사가 불가능하다고 해. 아무리 노력해도 고칠 수가 없다고. 엄마가 너무 많이 아파서 곧 삶이 끝날 것 같아.

나쁜 의사 같으니라고! 세상에서 가장 말이 안 되는 이야기였다. 세상에서 가장 거지 같은 말이었다.

나는 탁자 아래 바닥을 내려다보다가 카페에서 일하는

점원을 무심코 바라보았다. 점원은 엄마가 하는 말을 다 들었는지, 나에게 연민이 가득한 미소를 지어 보였다. 누군가에게 억지로 웃어 보여야 할 때, 누군가를 무척 안쓰럽게 여길 때 짓는 미소였다.

땅바닥에 넘어져 낑낑대는 강아지를 보는 내 표정과 똑같았다. 얼른 일으켜 주고 싶은 마음이 들 때와 같은 표정. 패리스 간호사 누나도 늘상 그런 얼굴이었다. 모든 간호사들이 다 똑같은 미소를 짓곤 했다.

2023년 3월 23일은 엄마가 처음으로 나에게 마지막을 말한 날이었다.

엄마는 나와 눈이 마주치길 바랐지만, 나는 엄마 눈을 슬금 피했다. 대체 뭘 어쩌라는 거야? 눈에 눈물이 잔뜩 고여서 보여 주고 싶지 않은데.

나는 벌떡 일어나 그 자리를 박차고 뛰쳐나갔다, 최대한 빨리. 큰 소리로 나를 부르는 엄마 목소리가 등 뒤에서 들렸다.

"니콜라스, 돌아와! 엄마 말 좀 들어줘, 제발!"

싫어, 듣고 싶지 않아. 세상에는 도저히 들을 수 없는 말도 있어. 머릿속에 담기엔 너무도 크고 무거워서 그대로 터져 버릴 것만 같은 말.

이대로 지구를 몇 바퀴 돌 수도 있을 것만 같았다. 나는 울음도, 걸음도 도저히 멈출 수가 없었다.

그날 저녁 아빠가 엄마와 통화하고 있을 때, 나는 내 방에서 강아지 영상을 찾아보고 있었다. 아빠는 내가 괜찮은 것 같지 않다고, 혼자만의 시간을 보내게 해 주고 나서 다시 이야기해 보자고 말하는 것 같았다. 시간이 지나면 이해할 거라고, 마음도 좀 가라앉을 거라고.

그 말은 틀렸다. 사실이 아니다. 전혀 아니다.

엄마가 더 살지 못한다는 말을 내가 어떻게 이해할 수 있을까? 나는 도무지 납득할 수가 없는데, 그저 재미있는 영상을 보면서 잠시나마 잊어버리는 것뿐인데.

하지만 나는 그날 뛰쳐나갔던 일을 후회했다. 거기 그 자리에서 엄마 말에 다소곳이 귀를 기울일 걸 그랬다. 엄마는 나와 좀 더 이야기하고 싶었을 텐데. 후회하기에는 너무 늦었다. 단 한 번의 기회는 그렇게 사라져 버렸다.

허공을 멍하니 바라보는데, 누군가 복도 바닥에 동전을 떨어뜨렸다. 이번에도 엘리베이터는 조용했고, 조명은 어슴푸레했다.

밤 11시 57분.

경비원 아저씨가 모퉁이를 돌아 나온다. 나를 보고 잠깐 걸음을 멈춘다. 그러고는 땅에 떨어진 동전을 줍는다. 손가락 사이에 동전을 굴리면서 나에게 천천히 다가온다. 벽에는 이상한 그림들이 군데군데 걸려 있다. 여러 가지 색깔을 이리저리 뒤섞어 놓은 그림들.

경비원 아저씨의 발걸음 소리가 복도에 울려 퍼진다.

뚜벅, 뚜벅, 뚜벅.

묵직한 구둣발 소리. 마치 구둣발 천 개가 메아리 백만 개를 만들어 내는 것만 같다.

"혼자 있니?"

아저씨가 호기심 가득한 표정으로 나를 바라보았다.

"밤늦게까지 여기 있으면 안 돼."

"허락받았어요. 있어도 된다고요. 우리 엄마가 3층 병동에 입원해 있거든요."

나는 스마트폰 벨소리를 무음으로 바꾸며 별일 아니라는 듯이 무심하게 말했다.

경비원 아저씨는 관자놀이를 긁적이더니 고개를 끄덕였다. 녹색 제복에서 반들반들 윤이 났다. 허리춤에 경호 장비를 차고 둥근 테 안경을 쓴, 어깨가 넓은 경비원 아저씨. 전에도 봤지만 왠지 그때와 분위기가 사뭇 달랐다.

"나는 널 잘 알아. 지금 네가 뭘 하는지도."

아저씨가 의자 끝에 걸터앉으면서 말했다.

당장 그럴싸한 말이 떠오르면 좋을 텐데. 거짓말이든 뭐든, 누군가 내게 대답을 요구할 때 의연하게 대처할 수 있다면 얼마나 좋을까? 하지만 나는 이 말밖에 할 수가 없었다.

"제가 안 그랬어요."

나는 얼른 자리를 뜨고 싶었다. 그런데 아저씨의 다음 말이 나를 꼼짝 못 하게 했다.

"엘리베이터를 타고 지하로 내려가 종착역에 도착했겠지. 거기서 너희 엄마를 만났을 테고. 2월 27일, 삼 년 전 그날로 돌아갔을 거야. 생일 케이크도 먹고, 울기도 하고."

순간, 심장이 덜컹 내려앉았다. 어떻게 아는 거지? 몹시 궁금했다. 이럴 때 생각만 하는 건 전혀 도움이 안 된다. 입 밖으로 말을 꺼내야 한다.

"어떻게 아셨어요?"

나는 큰 소리로 물었다.

"내 이름은 링컨이야. 이 병원에서 일하는 경비원이지."

"그런데요?"

"그 말은……, 모든 걸 다 안다는 뜻이야."

나는 그 말을 단박에 알아듣지 못했다. 대신 링컨이라는 이름에 생각이 머물렀다. 죽은 대통령의 이름과 같았다. 그리고 그 이름 때문에 죽어 가는 한 사람이 떠올랐다.

"링컨이라고요?"

"맞아, 링컨."

나는 벽시계를 쳐다보았다. 어쩌면 엄마가 여기 병원에 없을지도 모른다. 만약 내가 당부한 대로 그날 바로 병원에 갔다면, 지금쯤 엄마는 건강한 모습으로 집에 있을지도. 만약, 만약에 말이다.

"세상일이 항상 뜻대로 풀리지는 않아."

링컨 아저씨가 턱을 문지르며 고개를 갸우뚱거렸다.

"뭐, 물론 네가 알아서 하겠지만. 과거로 가면 거기에 또 다른 네가 있어. 네가 그때의 그 모습으로 바뀌는 거지. 이해되니?"

"네."

나는 계속 벽시계를 바라보았다.

"왜 그날을 골랐는지 물어봐도 되니?"

나는 뭐라고 대답해야 할지 몰라 멀뚱히 앉아 있었다.

정말로 내 생일 선물 때문이었을까? 그날 엄마랑 아빠

는 내가 갖고 싶어 하던 것이 아니라 아주 저렴한 스마트폰을 사다 주었다. 나는 불같이 화를 내며 소리를 질러서 두 사람의 마음을 몹시 아프게 했다. 특히 엄마를…….
나는 그때로 돌아가 그 일을 바로잡고 싶었던 것 같다.

"근데 아무 소용 없었지? 원래 처음이 제일 힘든 거야."

"아저씨가 그걸 어떻게 아세요?"

나는 자리에서 벌떡 일어섰다. 링컨 아저씨가 웃으며 벽시계를 쳐다보았다.

"말했잖아, 난 여기 경비원이라고. 경비원은 병원 건물만 지키는 게 아니거든. 지하에 있는 종착역도 살펴야 하지. 경비원에게 시간은 매우 중요해. 그 시간에 일어나서는 안 될 일이 일어나지 않도록 지켜야 하니까."

"무슨 뜻이에요?"

내가 물었다.

"바꿔서는 안 될 것들을 바꾸는 일 말이야."

"혹시 과거를 말씀하시는 거예요?"

"그렇지, 과거."

몇 년 전의 일에 끼어들었다고 지금 나를 나무라는 걸까? 링컨 아저씨는 시간이 다 됐다는 듯 엘리베이터 쪽으로 시선을 돌렸다.

"뛰어야겠는데? 또 보자. 참, 스스로를 너무 몰아세우지는 마. 꼭 명심해. 엄마에게 못되게 굴었던 건 이제 그만 잊어버려."

"잊으라고요? 그걸 어떻게 잊어요……?"

"너희 엄마가 다른 일을 마음에 담아 두고 있을지도 모른다는 생각은 안 해 봤니? 자, 어서 가! 시간은 금방 흘러간단다."

나는 고개를 끄덕였다.

수많은 생각이 머릿속을 휘저었다. 나는 복도 중앙에 있는 기둥을 향해 달렸다. 엘리베이터 앞에서 위층으로 올라가는 버튼을 눌렀다.

문이 열리자마자 곧장 엘리베이터에 올랐다. 버튼을 빠르게 훑어보았다. 빨간색 버튼이 있어야 하는데! 없었다!

나는 3층을 눌렀다. 엘리베이터가 천천히 움직이며 곧

장 3층으로 올라갔다. 딱 구 초 만에 문이 열렸다. 엄마가 있는 병실까지 빠르게 걸어갔다.

그래, 어쩌면 꿈을 꾼 건지도 몰라. 지금쯤 엄마는 편안히 집에 있을 거야. 의사를 제때 만나서 다 나았을지도 몰라.

멀리서 패리스 간호사 누나가 나를 향해 걸어왔다. 나를 알아보지 못한 것 같아서 하마터면 안도감에 웃을 뻔했다. 그런데 그 순간, 간호사 누나가 내게 말을 걸었다. 그때의 그 미소로, 울 것 같은 그 미소로.

"니콜라스, 안녕? 얼른 들어가자."

나는 그새 까맣게 잊고 있었다. 주머니에 있는 내 스마트폰으로 때때로 강아지 영상을 보며 잠시라도 웃었던 순간을.

나는 과거를 바꾸지 못했다. 병실로 가는 과정마저 똑같았다. 간호사 누나가 28호실 문 앞에서 멈춘 것까지 바뀐 게 하나도 없었다. 병실 문을 열기 전에 작은 창으로 안쪽을 흘끗 보는 모습도 그대로였다.

"그러니까, 네가 열두 살이지?"

나는 아무 대답도 하지 않았다. 숨을 쉬는 것조차 힘들었다. 어떻게 하나도 안 바뀔 수가 있지? 병실 안으로 들어가며 내내 생각했다.

0시 1분이다. 그곳에는 죽어 가는 엄마가 있겠지.

1. 한가운데 놓여 있는 커다란 침대
2. 삑삑거리며 깜박이는 의료 기계
3. 침대에 누워 있는 엄마
4. 나무 의자에 앉아 있는 아빠
5. 한쪽 벽면에 난 두 개의 창문
6. 노란 꽃다발
7. 거울

바뀐 건 하나뿐이었다. 아빠는 다른 색 티셔츠를 입고 있었다. 하얀색 대신 파란색. 아니, 자세히 보니 수염이 더 덥수룩했다. 살도 조금 찐 것 같았다. 아빠 뒤에 있는 창문의 블라인드가 걷혀 있었고, 전과 똑같은 도시 풍경이 펼쳐져 있었다. 높다란 빌딩과 공원의 나무들과 어두운 그림자들, 그리고 지평선까지도. 구름 사이로 보름달이 희미하게 보였다.

"어디 갔다 왔니?"

아빠가 엄마에게서 눈을 떼지 않은 채로 물었다.

"아래층에."

나는 어깨를 으쓱하며 대답했다. 아빠는 지친 듯 고개만 끄덕였다. 똑같았다. 하지만 한 번 봤다고 해서 익숙해지는 건 아니었다.

"어디 가지 말고 여기 있어."

아빠가 힘없이 말을 하고는 의자에서 일어났다. 그 시간이 전보다 조금 빨라진 것 같았다. 내가 그때보다 일이 분쯤 늦게 와서 그런 걸까?

삑삑, 삑삑. 갑자기 기계음이 이상하게 빨라지기 시작했다. 엄마의 심박 소리인지, 아니면 다른 것 때문인지 알 수 없었다.

아빠는 더 이상 말이 없었다. 전에는 여기에 있지 않으면 후회할지도 모른다고 말했는데, 그럴 시간이 없었다. 내가 늦게 오는 바람에.

나는 또다시 밖으로 뛰쳐나갔다.

시계 분침이 4분을 가리켰다. 0시 4분이었다.

천장 불빛이 깜빡였다. 아빠가 울며 엄마 뺨을 쓰다듬는 동안, 나는 최대한 빨리 병실에서 빠져나왔다. 허겁지겁 서두르느라 면회실에 있던 화분을 쓰러뜨려서 흙이 바닥으로 쏟아지고 말았다. 화분 속 화초의 줄기가 부러지면서 잎사귀가 우수수 떨어졌다.

지난번엔 일어나지 않았던 일이었다. 모퉁이를 돌아 간호사 누나 옆을 휙 지나갔다. 간호사 누나가 깜짝 놀랐는지 별안간 딸꾹질을 했다.

엘리베이터가 있는 복도 중앙에 다다랐다. 기둥을 향해, 아니 빨간색 버튼을 향해 내달렸다. 엘리베이터가 나를 기다리고 있었다.

나는 아래로, 아래로 내려갔다.

난간 손잡이를 꽉 붙들었다. 갑자기 이상한 일이 터질지도 모르니까. 정말이지 말도 안 되는 희한한 일이 일어날지도 모르니까.

어쨌든 모든 일은 이미 일어났다.

90번째 메모

한 번으로 안 된다면 될 때까지 여러 번 시도할 것.

마음의 짐

엘리베이터를 타고 아래로 내려가는 동안, 나는 몸을 깊숙이 숙여야 했다. 층수 표시판이 잘 보이지 않아서 몇 층인지도 알 수가 없었다. 머릿속으로 찬찬히 수를 세었다. 3, 2, 1…….

이윽고 불빛이 완전히 사라졌다. 지난번과 똑같았다. 바닥이 흔들리면서 엘리베이터가 서서히 움직이기 시작했다. 얼마 후 불이 켜졌을 때, 나는 정말이지 기절하는 줄 알았다. 내 옆에 어떤 할아버지가 떡 서 있었다!

이 할아버지는 대체 누구지? 그냥 무심코 일어나는 일은 아닐 것 같았다. 재빨리 층수 표시판을 바라보았다. 그때 엘리베이터가 뚝 멈췄다. 마침내 종착역에 도착한 것이다.

할아버지는 어리둥절한 표정을 짓더니 옷매무시를 가다듬었다. 다 해진 검정색 양복 차림이었다. 등판은 찢어져 너덜너덜했고, 왼팔 부분에는 옷자락이 아예 없었다. 왠지 모르게 할아버지는 잔뜩 겁을 먹은 모습이었다.

지난번에 문이 열리고 엘리베이터에 붙은 거울로 내 모습을 비춰 보았던 때가 떠올랐다. 여느 아이들과 조금도 다를 바 없던 보통의 나. 하지만 보통의 열두 살짜리 아이에게는 이런 일이 결코 일어나지 않는다. 이번엔 뭔가 예감이 안 좋았다. 이 할아버지는 누굴까?

나는 열린 문 너머를 살피느라 스마트폰을 꺼내 볼 생각도 하지 못했다. 또 뭔가가 바뀐 걸까? 그게 뭔지 알고 싶었다.

또다시 그 시각이었다. 0시 4분. 스마트폰이 방전된 듯

꺼졌다. 나는 스마트폰을 바지 뒷주머니에 찔러 넣고는 숨을 크게 들이마셨다가 천천히 내쉬었다.

할아버지는 우물쭈물하더니 엘리베이터 밖으로 나갔다. 나도 뒤따라 바깥으로 발을 내디뎠다. 걸을 때마다 길에 깔린 자갈이 달그락거리는 것처럼 느껴졌다. 하지만 아무 소리도 들리지 않았다.

이윽고 한쪽에 어둠을 삼킨 듯 컴컴한 터널이 나타났다. 다른 쪽에는 녹슨 벽돌색 기차가 탈선이라도 한 것마냥 기이한 각도로 꺾인 채 멈춰 서 있었다. 그 주변에는 기다란 풀들이 빼곡했다.

찌그러진 기차의 운전칸에 주황색 줄무늬가 아무렇게나 그어져 있었다. 앞 유리가 빠진 탓인지, 커다란 검은색 눈동자 두 개가 나를 뚫어지게 바라보는 듯한 느낌이 들었다. 몸체 아래쪽은 이빨이 깨져서 흩어진 것처럼 이리저리 균열이 나 있었다.

할아버지는 묵묵히 기차로 향했다. 나는 짐짓 다른 방향으로 걸어갔다. 어둠이 스멀스멀 기어드는 터널 쪽으로. 지붕의 갈라진 틈으로 별빛이 조금씩 새어들었다. 바닥으로 비스듬히 내려온 별빛이 반짝이는 고깔처럼 보였다.

터널 안은 몹시 어두웠다. 다른 기차가 아직 도착하지 않아서인지 지난번과 똑같이 한없이 고요했다. 바로 그때, 멀리서 그림자가 아른거리는 모습이 눈에 들어왔다. 곧이어 검은 옷을 입은 남자 네 명이 나를 향해 빠르게 다가왔다. 그들은 사슬로 된 갑옷을 입은 채 칼과 방패를 들고 있었다.

가만 보니 사람이 아니었다. 저만치 떨어져 있어도 직감적으로 알아차릴 수 있었다. 새하얀 빛 속으로 발을 내딛다가 잠시 주춤하더니, 나를 가리키며 다시 움직이기 시작했다.

뭐지? 그때는 없었던 것 같은데. 아니, 있었던가?

나는 여기가 어딘지 잊어버린 채, 대체 원하는 게 뭐냐고 냅다 소리를 질렀다. 사실 목소리는 밖으로 새어 나오지 않았다. 머릿속으로 그 말을 떠올렸을 뿐이었다. 그런데 몹시 성난 듯한 으르렁 소리가 답변으로 돌아왔다. 마치 개들이 으르렁대는 것만 같았다.

아니나 다를까, 그들은 약이 바짝 오른 표정으로 칼과 방패를 들고서 내게로 가까이 다가왔다. 두려움으로 숨이 가빠 왔다. 눈조차 깜빡일 수가 없었다. 이제 그들과 이십 미터가량밖에 떨어져 있지 않았다.

어떡하지? 고작 열두 살짜리 남자아이가 유령 같은 존재들을 상대할 수 있을까? 나는 방어할 무기도 하나 없는데, 정말로 아무것도 가진 게 없는데.

기차를 따라 무작정 달렸다. 군데군데 구멍이 나 있는 기차의 천장에서 밝은 빛이 쏟아져 내렸다. 나는 플랫폼에서 아래로 훌쩍 뛰어내렸다. 물웅덩이에 빠져 발이 흠뻑 젖었지만 조금도 개의치 않았다. 기차를 손으로 짚으며 몸을 획 돌렸다.

그들이 한층 더 가까이 왔을까 봐 걱정했지만 실제로는 그렇지 않았다. 웬일인지 엘리베이터 옆에서 계속 머뭇거리고 있었다. 방패로 몸을 가린 채 괴로운 듯이 얼굴을 잔뜩 찡그렸다.

아, 불빛 때문이구나!

그들은 빛을 싫어했다. 천장에서 내려오는 빛도, 엘리베이터에서 흘러나오는 빛도 싫어했다.

91번째 메모

무시무시한 존재들에게 쫓긴다면 어두운 곳을 벗어나 무조건 빛이 있는 곳으로 갈 것!

92번째 메모

91번째 메모를 절대로 잊지 말 것! 진짜니까!

그들은 나를 쫓다가 주춤주춤 물러서더니 터널 안으로 천천히 사라졌다. 나는 기차의 운전칸을 디디고 올라가 지붕 위에 우뚝 섰다. 혹시나 잊은 게 없는지 주변을 둘러보기 위해서였다. 중요한 걸 놓치지는 않았는지 걱정이 되었다.

역시나 그랬다! 터널이 북쪽으로 이어져 있었다. 뜻밖에도 그 끝에는 포근하고 아련한 저녁 풍경이 펼쳐져 있었다.

머리 위 전선들이 서로 엇갈려 멀어지면서 사방으로 갈라졌다. 어스레한 빛 속에 나무로 지은 건물이 우뚝 서 있었다.

나는 그제야 깨달았다. 전에는 왜 몰랐을까? 창문에서, 땅바닥에서, 살랑거리는 커튼에서 빛이 새어 나왔다.

눈을 가늘게 뜨자 선로가 그곳까지 이어져 있는 게 흐릿하게 보였다. 세상의 끝! 마치 누군가 저기로 가면 안 된다고 말해 주는 것만 같았다.

세상과 동떨어진 곳, 내가 사는 세계와 전혀 다른 곳, 사람들이 마지막 여행을 떠나는 곳, 삶이 끝난 사람들이 돌아가는 곳. 바야흐로 인생의 종착지였다.

저 멀리에서 사람들이 그곳으로 향하고 있었다.

나는 기차 지붕에서 내려오다가 어떤 사람이 옆으로

휙 지나가는 바람에 깜짝 놀라서 넘어지고 말았다. 엘리베이터에서 함께 내렸던 할아버지였다.

할아버지가 걸음을 멈추며 말했다.

'미안하구나, 얘야. 내가 어디로 가야 하는지 혹시 알고 있니?'

할아버지가 간절한 눈빛으로 나를 바라보았다. 나는 어깨를 으쓱하고는 저 멀리 나무로 지은 집을 가리켰다.

'확실하진 않아요.'

'그래, 고맙구나.'

할아버지는 손을 흔들어 보이고는 선로 건너편으로 뚜벅뚜벅 걸어갔다. 바지에 묻은 먼지를 털어 내며 매무새를 가다듬었다.

그러고 보니 구두를 한 짝만 신고 있었다. 잠깐이지만, 저 멀리 창문에서 쏟아지는 빛을 보며 할아버지가 크게 미소를 지었다. 할아버지의 두 눈이 밝게 빛났다. 복잡미묘한 감정이 언뜻 스치는 것 같기도 했다.

드디어 기차가 왔다. 할아버지가 오르는 동안, 기차는

얌전히 서 있었다.

기차에서 연기가 뭉게뭉게 솟았다. 아무 소리도 들리지 않았다. 그 어떤 움직임도 느껴지지 않았다. 엔진이 돌아가는 느낌도, 기차 바퀴가 덜컹이는 느낌도. 심지어 하늘에 새도 없었다, 검은 매 한 마리조차도.

'검은 매의 소리를 듣고 싶니?'

은발의 할머니가 어느새 내 옆으로 다가와 기차가 떠나는 모습을 함께 지켜보았다. 할머니는 손을 흔들어 작별 인사를 건넸다. 그러고는 터널로 걸어 들어가 한쪽이 찌그러진 기차를 지나쳤다.

나는 할머니를 따라갔다.

'저는 여전히 그대로예요. 곧 죽을 엄마가 있는 아이라고요. 바뀐 건 하나도 없어요. 저도 이제 어쩔 수 없다고 생각해요.'

할머니가 의자에 앉았다. 할머니 발이 자갈 밖으로 삐져나온 잡초 속에 묻혔다. 풀 무더기는 여기저기 제멋대로 자라나고 있었다. 받침목이 깨진 틈에서도 삐죽삐죽

나왔다.

이곳에서는 선명한 초록색이 오히려 더 낯설었다.

'앉아 봐.'

할머니 목소리가 머릿속에서 울렸다. 나는 할머니 옆에 다소곳이 앉았다. 한참을 그렇게 앉아 있었다.

은발의 할머니와 눈꺼풀이 반쯤 감긴 남자아이. 이미 나는 너무나 지친 상태였다.

'잠을 안 잔 지 너무 오래된 모양이구나. 시간을 거슬러 여행한다는 게 쉽지는 않지. 잠은커녕 제대로 쉬지도 못하니까. 네가 몇 시간 동안 깨어 있었는지 아니? 앞으로 더 견딜 수 있겠어?'

어떻게든 해낼 거라고 말하고 싶었지만, 나는 그저 고개만 끄덕였다.

'아까 그 할아버지는 누구예요?'

내 물음에 할머니는 크게 숨을 들이마셨다가 내쉬었다. 무언가 이야기를 시작하려는 듯이.

'자동차 사고였어. 그 사람은 이제 준비가 됐지.'

나는 나무로 지은 집을 흘끗 바라보았다.

'죽으면 모두 저기로 가나요?'

할머니가 고개를 끄덕였다.

93번째 메모

죽는다는 말은 너무 심각하게 들리므로 조금은 멋지게 표현해 보자. "이제 준비가 됐지."라고.

'아까 그 할아버지는 창문에서 뭘 본 거예요? 왠지 행복해 보여서요.'

할머니는 고개를 한번 끄덕였을 뿐 내 질문에 대답을 하지는 않았다. 할머니도 잘 모르는구나, 하고 넘어가려는데 그제야 입을 떼었다.

'인생 최고의 순간을 보았지.'

'인생 최고의 순간이요? 그럼 그 할아버지는 마지막에 인생 최고의 순간을 본 거예요?'

'그렇지.'

처음에 왔을 때보다 담쟁이넝쿨이 벽을 타고 더 빨리 자라는 것 같았다. 어떻게 그럴 수 있지? 딱히 할머니에게 묻는 말은 아니었는데도, 마치 내 생각을 읽은 듯이 대답했다.

'모든 것은 변한단다.'

할머니는 어두운 터널을 멍하니 바라보았다.

'알다시피 저들이 너를 지켜보고 있어. 살아 있는 사람이 과거와 미래로 오가는 걸 좋아하지 않거든.'

'저를 쫓던 유령들 말이에요? 대체 정체가 뭐예요?'

'파수꾼들이란다. 경비원 링컨처럼 착한 파수꾼은 아니야. 이것 좀 봐. 과거는 우리 뒤에 있어. 이미 일어난 일들이지. 과거는 변화를 싫어해. 그런데 네가 맞서려고 하니까 눈에 거슬리겠지.'

나는 고개를 끄덕였다. 내가 한없이 나약한 존재같이 느껴졌다.

'파수꾼들은 그저 순리를 따를 뿐이야.'

할머니는 내 얼굴을 가만히 살폈다.

'죽을 운명인 사람은 반드시 죽게 된다는 거지요? 안 그러면 세상이 혼란스러워질 테니까요.'

내 말에 할머니가 천천히 고개를 끄덕였다.

'파수꾼들한테 잡히지 않도록 조심해. 그것만 명심하면 돼.'

'만약에 잡히면요?'

'파수꾼들은 빛을 무서워하지. 잊지 마, 니콜라스.'

할머니는 잠시 뜸을 들였다.

'빛이 네 삶을 구원해 줄 거야.'

'꼭 기억할게요. 저기, 기차가 오고 있어요.'

'그래, 저기 보이는구나.'

마침내 어둠을 뚫고 기차가 나타났다. 내가 타야 하는 기차였다. 나는 곧 기차에 올랐다. 객실 문이 열리자마자 안으로 재빨리 들어가 빨간색 의자에 앉았다.

나는 안다.

아니다, 아무것도 모른다.

한 가지는 안다, 엄마가 결국 떠나리라는 걸.

'나를 봐.'

할머니 목소리가 들렸지만 나는 쳐다보기 싫었다. 대신 지저분한 유리창 너머를 바라보았다. 온통 우중충한 잿빛 담장뿐이었다. 기차가 천천히 속력을 올리기 시작했다.

할머니는 긴 은빛 머리카락을 한 손으로 쥐어 가슴께로 가지런히 모으더니 무릎에 살며시 놓았다. 그러고는 우물처럼 깊은 갈색 눈동자로 나를 관찰하듯 세심하게 바라보았다.

이윽고 처음 만난 그때처럼 나를 보며 따듯하게 웃었다.

'니콜라스, 기차표는 있니?'

나는 깜짝 놀란 표정으로 침을 꼴깍 삼켰다. 지난번에도 기차표 검사를 했던가?

'기차표요?'

내가 우물거리며 되묻자 할머니가 또다시 미소를 지었다.

'농담이야.'

기차가 전처럼 빠르게 달렸다. 지붕 틈새로 새어 들던

빛이 뒤편으로 차츰차츰 사라져 갔다.

이제 터널뿐이다. 이승과 저승을 오가는 기차가 지나다니는 터널.

할머니가 말했다.

'이걸 뭐라고 표현해야 할까? 니콜라스, 이미 일어난 일을 단순히 바꾸는 게 아니야. 아까 말했듯이, 과거는 변화를 바라지 않거든. 네가 좀 더 편안해질 수 있는 길을 선택해 봐.'

나는 할머니를 멀거니 바라보며 입술을 달싹였다.

'그냥 포기하는 게 좋을까요?'

이건 나 자신에게 묻는 말이기도 했다. 할머니는 눈을 감은 채 고개를 살며시 저었다. 깊은 생각에 잠긴 듯했다. 잠시 후 할머니 목소리가 들려왔다.

'포기하라는 말이 아니야. 네가 지나온 시간을 받아들이라는 뜻이지. 지금 너에게는 갈 길이 너무 많이 남아 있잖니? 그게 바로 내가 여기에 있는 이유야. 내가 널 지켜 줄게.'

내 마음의 짐을 할머니가 정말로 아는지 궁금했다. 모든 것을 받아들여야 한다는 부담감 말이다.

'모두 받아들일 필요는 없어.'

'하지만 결국 그렇게 될 것 같아서요.'

'니콜라스, 이번엔 미래로 갈래, 아니면 과거로 갈래?'

'과거로요.'

할머니가 눈을 뜨며 나를 똑바로 보았다.

'그럴 것 같았어.'

할머니는 내 턱을 살짝 들어 올리고서 내 눈을 가만히 들여다보더니 숨을 또 크게 내쉬었다.

'많이 힘들겠구나.'

나는 머릿속으로 벽시계의 시곗바늘이 0시 4분에 멈추는 순간을 떠올렸다.

'맞아요, 진짜 말도 안 되는 일이에요.'

'니콜라스, 죽음은 삶의 일부야. 어쩌면 네가 곧 겪을 일들이 인생에서 가장 나쁜 경험이 될지도 모르겠구나. 너에게는 이 시기가 가장 힘들겠지.'

나는 고개를 끄덕였다.

'저는 고작 열두 살이에요.'

열두 살. 하찮은 내 인생. 기분이 몹시 울적해졌다.

'그렇지 않아. 거기에도 대단한 의미가 있어. 아주 많은 날들이 쌓인 거니까.'

할머니가 말했다. 맞은편 창문 너머로 바위투성이 언덕이 스쳐 지나갔다.

'그러게요, 무척 많은 날들이네요.'

그 후로 한참 동안 우리는 서로 아무 말도 나누지 않았다. 때로는 할 말이 떨어질 때도 있는 법이다. 더는 나눌 생각이 없는 건지도 모른다. 한동안 조용히 앉아 있었다. 그것도 좋았다.

어느 순간 의자가 마구 흔들리기 시작하더니 기차가 크게 요동쳤다. 나는 자리에서 벌떡 일어섰다. 바로 그때, 사방에서 쏟아지는 새하얀 빛 속으로 기차가 녹아내리듯 사라져 갔다.

나는 병원 카페 한가운데에 서 있었다. 사람들이 왔다 갔다 하는 모습이 보였다. 2023년 3월 23일은 엄마가 병원에 가려고 휴가를 냈던 날이다.

당연하게도 그 당시엔 뭐가 뭔지 잘 몰랐다. 아니, 알려고도 하지 않았다. 바로 그 순간으로 돌아왔다. 이번엔 잘 마무리 지어야 한다.

그때 나는 엄마만 홀로 카페에 남겨 두고 밖으로 뛰쳐나갔다. 엄마가 도저히 믿기 힘든 이야기를 꺼낸 뒤였다.

세상에서 가장 슬픈 날

한 번 더, 딱 한 시간이 주어졌다.

지금 시각은 2시 30분. 아니, 그사이에 몇 분 더 흘렀을지도 모르겠다.

나는 일 년 전으로 갔다. 헬싱보리 병원에 있는 카페에 앉아 있었다. 타일이 깔린 바닥과 노란색 벽, 기다란 복도. 그 사이의 녹색 문을 지나면 갖가지 검사실이 쭉 늘어서 있었다.

전부 예전 그대로였다. 복도 게시판에는 환자들을 위

한 안내문이 다닥다닥 붙어 있었다.

이곳 카페에는 병원 특유의 엄숙한 침묵이 없었다. 커피 향과 각종 주스, 그리고 달콤한 빵. 나는 지난번처럼 엄마보다 먼저 도착해 의자에 앉아 있었다.

엄마가 엘리베이터에서 내려 내게로 다가왔다. 바퀴가 달린 링거 거치대를 잡아끌며 느릿느릿 걸었다. 링거 주머니가 거치대 맨 위에 대롱대롱 걸려 있었고 링거 줄이 엄마 팔로 구불구불 이어졌다.

"니콜라스, 왔니?"

엄마가 미소를 지으려 애썼다. 너무나도 지친 모습이라 몹시 피곤해 보였다. 자글자글한 주름과 메마른 피부가 거칠거칠한 종잇장 같았다. 종이 엄마처럼 느껴졌다.

엄마는 의자를 끌어와 내 옆에 앉았다. 링거 거치대를 가까이 끌어다 놓고는 나를 보며 어깨를 으쓱였다. 늦어서 미안해하는 눈치였다.

누군가 오랫동안 마음에 담아 둔 말을 꺼낼 때 우리는 금방 알아차릴 수 있다. 아주 중요한 이야기란 걸, 무지 안 좋은 소식이라는 걸.

그날 나는 엄마가 카페에서 하려던 이야기를 직감적으로 알아차렸다. 꿈에서조차 상상하기 싫은 일이라는 걸 말이다.

나는 엄마가 아프다는 걸 줄곧 모른 척했다. 엄마가 정말 죽을지도 모른다는 생각은 전혀 하지 않았다. 이제 더는 외면할 수 없었다. 굳이 말을 꺼내지 않아도 이미 알고 있으니까.

곧 죽는다는 말 대신 적당하게 둘러댈 얘기가 없을 텐데도 엄마는 끝까지 최선을 다해 노력했다.

우리는 한동안 수다를 떨었다. 학교에서 있었던 일과 일상적인 이야기들로. 엄마가 꼬치꼬치 캐물었다. 친구들과 사이좋게 지내는지, 담임 선생님은 친절한지, 아빠는 요즘 어떤지.

나는 속으로 생각했다. 친구들이든, 선생님이든, 아빠든 내 알 바 아니라고. 다만 엄마에게 아직 못다 한 이야기가 남아 있다는 걸 알리고 싶었다.

마침내 엄마는 마지막 이야기를 꺼냈다. 내가 어찌할 수 없는 이야기를.

"있잖니, 니콜라스. 의사 선생님이 그러는데……, 엄마가 여기서 더 좋아지진 않을 거래. 상태가 계속 안 좋아질 거라나 봐."

엄마는 지난번과 똑같이 말했다. 나는 가만히 고개를 끄덕였다. 이번엔 잘 듣고 있다는 걸 엄마에게 알리기 위해서.

"어쩌면 엄마는 죽을지도 몰라."

이 한마디를 꺼내기 위해 엄마는 밤낮으로 준비했을 거다. 절대 슬픈 얼굴로 말하지 않겠다고 매일매일 다짐했을 테지.

"난 울지 않을 거야. 아직은 아니니까."

금세 커다란 눈물방울 하나가 엄마의 뺨을 타고 흐르더니 입가에서 뚝 멈췄다. 그 말을 듣고 지난번엔 카페를 뛰쳐나갔지만 오늘은 자리를 꿋꿋이 지켰다. 그러고 나서 의연히 대답했다.

"알았어."

엄마는 내가 평소와 다른 태도를 보여도 미래에서 왔다고는 상상도 못 할 거야. 여기저기 줄을 잔뜩 매달고 병상에 누워 있는 모습을 이미 봤다고 말해 봤자 이해할 수도 없을 테고.

나는 카페에서 뛰쳐나가지 않았다. 엄마에게 커피를 가져다주고 빵도 내밀었다. 엄마는 입맛이 없는지 고개를 절레절레 저었다.

"이걸 맞고 있어서……. 약 같은 거야, 그냥 약."

엄마는 눈짓으로 링거 주머니와 팔뚝에 꽂힌 주삿바늘을 가리켰다. 나는 머릿속이 멍해졌다. 엄마가 죽는다는 사실만 알 뿐, 아무것도 할 수가 없었다.

우리는 말없이 앉아 있었다. 문득 시계를 보았다. 3시 10분. 어느새 사십 분이 흘렀다. 나는 더 할 말이 떠오르지 않았다.

엄마가 입을 열었다.

"니콜라스, 넌 엄마의 수호성인이야. 성자 니콜라스. 그게 바로 너란다. 넌 엄마의 빛이고……."

엄마가 훌쩍였다.

"엄마, 다 알아."

"아니, 이 말은 꼭 해야겠어. 우리 아들, 넌 빛이 아니고 빛을 지닌 아이야. 그건 달라."

카페 점원이 우리 쪽을 흘깃 보았다. 안 보는 척했지만 시선이 고스란히 느껴졌다.

나는 빛과 빛을 지닌 아이의 차이를 묻고 싶었다. 하지만 이대로라면 영영 알아내지 못할 것 같았다.

"이제 병실로 가야겠어. 여기서 사나흘 더 치료받아야 하거든. 또 봐, 아들."

"아빠도 곧 오신대."

"그래."

엄마는 천천히 몸을 숙여 나를 꼭 끌어안아 주었다. 그러고는 조심스레 발을 끌며 엘리베이터 쪽으로 걸어갔다. 엄마 뒷모습이 지나가는 사람들에게 점점 가려졌다.

키가 큰 사람과 작은 사람, 젊은이와 늙은이, 뚱뚱한 사람과 마른 사람이 사방에서 모여들었다.

매우 따뜻한 날씨였지만 나는 그 자리에서 꽁꽁 얼어붙은 듯 꼼짝하지 못했다. 팔에 오소소 소름이 돋았다. 가슴에 따끔한 가시가 솟아나면서 심장이 철렁 내려앉았다. 너무 슬퍼서 영혼이 얼어붙는 것만 같았다.

이 감정은 모두 진짜였다.

94번째 메모

사랑하는 사람에게 저질렀던 행동, 가령 엄마, 아빠가 준비한 생일 선물을 그다지 고마워하지 않거나, 죽음을 말하는 엄마를 내버려 두고 도망치거나 하는 일을 뒤늦게 후회하며 바로잡고 싶다면, 반드시 서두르자.

그래야 엄마를 살릴 수 있으니까.

3시 23분이 지났다. 하지만 아직 끝나지 않았다.

나는 자리에서 일어나 저녁때마다 앉아 있던 의자로

걸어갔다.

몇 번이고 시간이 다시 시작되는 곳.

강아지 영상을 찾아서 봐도 더 이상 웃음이 나오지 않았다. 핫도그를 허겁지겁 먹는 강아지를 봐도 소용이 없었다.

나무 의자는 전처럼 딱딱했다. 누군가 두고 간 신문에 적힌 날짜를 내려다보았다. 2023년 3월 23일.

이 일들이 모두 작년에 일어났다는 걸 아는데도 여전히 놀라웠다.

혹시 만약에……. 나는 주머니에서 집 열쇠를 꺼냈다. 손가락으로 뾰족한 열쇠 끝을 눌러 보았다. 나는 의자 끄트머리에다 조심스럽게 '니콜라스, 2023'이라고 새겼다. 눈여겨보지 않으면 찾을 수 없는 곳이었다.

커다란 문 밖으로 나갔다. 얼굴에 따사로운 햇살을 받으며 심호흡을 크게 했다. 나를 스치는 사람들은 모두 이렇게 생각하겠지. 늘 그랬듯이. 재야, 재. 엄마가 곧 죽는대. 참 안됐어.

휠체어를 탄 아줌마가 문밖으로 나와 내 옆에 있는 흡연 구역으로 들어갔다. 아줌마는 담배를 입에 물더니 이내 불을 붙였다. 얼굴은 칙칙했고 이는 누랬다. 아줌마가 연거푸 기침을 쏟아 내자 그 결에 담배가 허공을 가르며 바닥으로 툭 떨어져 버렸다.

"에이, 그럼 그렇지."

아줌마가 담배꽁초를 보며 못마땅한 듯 중얼거렸다. 그러고는 휠체어를 돌려 문 안으로 도로 들어갔다.

아줌마와 스치듯 엇갈리며 링컨 아저씨가 밖으로 나왔다. 아저씨는 햇빛이 눈부신지 눈살을 찡그리며 손으로 그늘을 만들었다.

"날씨 좋다! 그렇지?"

아저씨가 내 쪽은 보지도 않고 말을 걸었다.

"네."

아저씨는 계속 서 있었다.

할 말이 더 남은 걸까? 그러다 문득 깨달았다. 지금의 링컨 아저씨는 내가 누군지 모른다. 이곳은 2023년이어서 우리가 아직 만나기 전이었다.

아저씨가 목을 쭉 폈다. 두둑, 소리가 나자 미간을 찌푸렸다. 나는 무슨 말을 해야 할지 몰라 멀뚱히 있었다. 아저씨 뺨이 울긋불긋 달아올랐다. 아주 오랫동안 햇볕을 쬔 사람처럼.

"아무리 애써 봤자 소용없어. 결국 끝은 똑같거든. 너는 엄마를 다시 살릴 수 없어."

아저씨가 날아가는 한 쌍의 새를 바라보며 말했다. 순간, 깜짝 놀라서 나도 모르게 눈이 휘둥그레졌다. 곧바로 아저씨가 틀렸다고 말하고 싶었지만, 실제로는 아무런 대꾸도 하지 못했다.

"사소한 차이를 만들 수는 있겠지. 네 마음이 편해지는 것 정도라면 말이야. 하지만 엄마의 죽음까지 막을 수는 없어."

나는 눈을 질끈 감아 버렸다.

아저씨는 자전거 거치대 쪽으로 걸음을 옮겼다. 발소리가 멀어지면서 허리춤에 매단 열쇠 꾸러미들이 짤랑거리는 소리도 점점 작아졌다.

"일 분 남았다, 니콜라스."

아저씨가 이렇게 말하는가 싶더니 그새 사라지고 없었다. 무슨 일이 일어나고 있는지 도통 알 수가 없었다. 그저 화가 났다. 너무나도 화가 났다.

링컨 아저씨에게, 내 모든 인생에.

다시 2024년으로, 엘리베이터 옆에 놓인 의자로 나는 돌아왔다. 밤 11시 54분. 스마트폰으로 강아지 영상을 보는 대신, 의자에 앉아 벽시계의 분침이 움직이는 걸 지켜보았다.

똑딱똑딱.

나는 의자에 새겨 놓은 글자를 찾아보았다.

니콜라스, 2023.

일 년을 건너왔는데도 아직 그대로 남아 있었다.

어느새 링컨 아저씨가 병동 모퉁이에 나타났다.

"그만 포기해."

아저씨가 말했다.

"싫어요."

아저씨는 이내 다시 사라졌다. 나는 홀로 의자에 앉아 벽시계를 바라보았다. 3분이 지나고 4분이 지났다.

엘리베이터에 빨간색 버튼이 나타나자 곧장 종착역을 향해 내달렸다. 은발의 할머니가 서 있는 기차 플랫폼으로 걸어갔다. 할머니는 화가 난 것 같지도, 언짢은 것 같지도 않았다. 그저 나를 보고도 아무 말도 하지 않았다.

그동안 나는 2021년으로도 갔고, 2023년으로도 갔다. 과거로 갔다가, 또다시 더 과거로 갔다. 엄마가 아프지 않을 때까지, 그래서 입원하지 않을 때까지.

시계가 밤 11시 54분을 가리키면 어김없이 현재로 돌아왔다. 엘리베이터를 타고 내려가고, 또 내려갔다. 문이 열리면 네 명의 파수꾼들이 나를 잡기 위해 달려들었다. 그때마다 나는 기차로 얼른 도망쳤다. 기차에 오르고, 또

오르고, 계속 올랐다.

하지만 아무 소용 없었다.

열두 번을 반복했다. 숨이 찼다. 잠이 부족해서, 슬픔에 빠져서 기진맥진했다.

과거로 가서 아무리 애를 써 봐도 막상 현재로 돌아오면 엄마는 34병동에 있었다. 아빠는 늘 병상 옆에 기대앉아 있었고, 간호사 누나도 그 자리에 똑같이 있었다. 엄마의 병도, 나도 모두 그대로였다.

열네 번의 시도 끝에 나는 결국 주저앉고 말았다. 똑같은 복도, 똑같은 시간. 밤 11시 54분.

무릎이 너무 아팠다. 손도 얼얼했다.

"안 돼, 이제 무리야."

나는 혼잣말로 중얼거렸다.

바닥에 동전 떨어지는 소리가 들렸다. 떼구루루. 동전이 또다시 굴러왔다.

나는 링컨 아저씨를 물끄러미 바라보았다. 아저씨는

엘리베이터 버튼이 있는 기둥을 걸레로 닦고 있었다. 위에서부터 아래로 대충 쓱 닦고는 서두르는 기색 없이 의자에 척 걸터앉았다.

"새로운 강아지 영상을 찾아보는 건 어떻니? 그건 네가 걱정에 잠겨 있는 것처럼 시간을 낭비하는 게 아니니까. 항상 슬픈 생각에 빠져 지내는 사람은 없단다. 네가 많이 힘든 건 알지만 마음을 좀 진정시켜 보도록 해."

"지금 제 심장은 얼음처럼 차가워요."

"그렇구나."

링컨 아저씨는 양쪽 끝이 살짝 말린 콧수염을 손으로 매만졌다.

"절대로 달라져선 안 되는 일은 끝까지 바뀌지 않아. 자, 너도 이리 와서 앉아."

아저씨는 옆자리를 손으로 탁탁 두드렸다.

나는 의자로 다가가 앉았다. 온몸이 두들겨 맞은 것처럼 콕콕 쑤셨다. 너무 아파서 뼈까지 녹아내릴 것만 같았다. 아저씨는 콧수염을 또다시 쓰다듬었다.

"어린 나이에 이런 일을 겪다니, 세상 참 불공평하다. 그렇지? 너희 엄마 일은 나도 유감이야. 네가 지금 어떤 기분일지 모른다고 생각하진 마."

나는 아저씨를 가만히 쳐다보았다. 아저씨를 조금 믿어 봐도 될까? 아주 잠깐이었지만 아저씨 눈동자가 슬픔에 잠긴 듯 보였다.

"죽고 사는 게 뭐 그리 대단하다고. 대체 왜 바꾸면 안 되는 건데요?"

아저씨는 침착한 표정으로 고개만 끄덕였다. 밤 11시 59분이다.

"오늘 일어난 일로 네 미래가 바뀔 수도 있다고 상상해 봐. 그리고 그 이야기를 책으로 써서 전 세계 사람들에게 알린다면 어떻게 될 것 같니?"

"저는 책을 쓸 줄 몰라요."

아저씨가 한바탕 웃더니 고개를 크게 끄덕였다.

"그건 맞아. 아직은 모르겠지. 고작 열두 살이니까. 하지만 몇 년이 지난 뒤에 뜻깊은 일을 할 수도 있잖니. 너만이 할 수 있는 일 말이다."

나는 곰곰이 생각에 잠겼다. 전혀 터무니없는 말은 아니었다.

"예를 들면, 혹시라도 일어날 수 있는 일 말이죠?"

"응, 혹시라도 일어날 수 있는 일."

0시 1분이다. 나는 자리에서 일어나지 않았다. 조금 더 생각했다. 생각할 게 너무나 많았다.

엄마는 죽으면 어디로 가게 될까? 작별 인사는 어떻게 해야 하지? 좋은 이별이라는 게 과연 있기나 할까? 어쨌든, 이렇게는 아니다. 엄마가 병상에 누워 있는 채로 헤어질 수는 없으니까. 얼른 다른 방법을 떠올려야 해.

"네가 기억하는 한 엄마는 절대로 사라지지 않을 거야. 그렇지 않니?"

아저씨가 허리띠를 추스르며 말했다.

"맞아요, 사라지지 않아요."

"그렇지!"

아저씨는 왠지 기분이 좋아 보였다. 모든 일을 다 아는 사람처럼 보이지는 않았지만, 좋은 사람임에는 틀림없었다. 나에게 신경을 써 주고 최선을 다하려는 게 느껴졌다. 그래서인지 마음이 한결 따뜻해졌다. 심장이 내려앉는 기분과는 다른 느낌이었다. 가슴속으로 봄볕이 쏟아지는 듯했다.

0시 4분. 나는 엘리베이터로 가서 빨간색 버튼을 꾹 눌렀다. 그리고 결심했다. 이번이 마지막이야. 꼭 해내야만 해, 반드시!

아무것도 하지 않으면

나는 3층으로 올라가는 대신 아래층으로 내려갔다. 또 다시 불이 꺼지고 바닥이 흔들렸다. 다시 환해졌을 때는 엘리베이터 난간에 활활 타는 횃불이 꽂혀 있었다. 유황과 종이 타는 냄새가 코를 찔렀다.

이번엔 횃불을 들고 가야 하는구나. 나는 횃불을 집어 들었다. 길이가 일 미터쯤 되었다. 뜨거운 불꽃이 막대 위에서 너울거렸다. 마치 몸부림을 치는 것처럼 보였다. 나는 짐짓 횃불을 몸에서 떼어 멀찍이 들었다.

95번째 메모

활활 타는 횃불이 있다면? 곧 그 이유를 알게 될 테니까 걱정하지 말 것.

엘리베이터 문이 스르륵 열리자 나는 횃불의 쓰임새를 알아차렸다. 파수꾼 네 명이 문 앞에서 눈을 부라리고 있었다.

진작에 알았어야 했다. 엘리베이터를 타고 종착역으로 계속 들락날락한 탓에 경로를 들켜 버린 모양이었다. 그들은 내가 어떤 방식으로 오가는지 훤히 알고서 나를 기다리고 있었다.

하지만 무슨 이유인지 엘리베이터 안으로는 들어오지 못했다. 내 손에 든 횃불과 천장에서 나오는 불빛을 보면서 오히려 한발 뒤로 물러섰다. 시커먼 몸뚱이가 너울거리는 그림자와 뒤섞여 전보다 더 무섭게 느껴졌다. 커다란 눈이 이글이글 타올랐다.

그때 파수꾼 하나가 두 손을 모아 후, 하고 입김을 불었다. 내 머리 위에 있던 불빛이 훅 꺼졌다. 나는 횃불을 움켜쥐고 잽싸게 엘리베이터를 빠져나왔다. 조급한 마음에 허둥거리며 주위를 둘러보니, 꽤 가까운 거리에 기차의 운전칸이 보였다. 지붕 위 갈라진 틈으로 희미한 빛이 새어 나왔다.

파수꾼들은 칼과 방패를 든 채 으르렁거리며 성난 황소처럼 콧김을 내뿜었다. 횃불은 여전히 활활 타올랐다. 그때 나는 한 가지 사실을 알아차렸다. 절대로 횃불을 꺼뜨리면 안 된다는 것.

나는 살금살금 앞으로 걸어 나갔다. 횃불을 흔들어 대면서 한 발짝 한 발짝 천천히 나아갔다.

횃불에서 눈부신 빛이 뿜어져 나왔다. 나는 팔을 쭉 뻗으며 파수꾼들을 노려보았다. 그들은 몸을 움찔하더니 비틀거리며 뒤로 슬금슬금 물러섰다. 내가 과거를 바꾸지 못하도록 어떻게든 막으려는 듯했다. 내 인생에서 이미 일어난 일을, 그 모든 슬픔을.

하지만 나는 과거를 바꾸려는 게 아니다. 그러니까 그

들이 바라는 대로 과거를 그대로 놔둘 수도 있다는 얘기다. 나를 얌전히 보내 주기만 한다면.

횃불을 꼭 붙들고 있는 내가 언뜻 대견하게 느껴졌다. 사실 속으로는 무척 겁이 났다. 너무너무 겁이 나서 횃불을 쥔 손에 땀이 진득하게 배어났다. 이윽고 파수꾼들이 조금씩 흩어졌다.

지금이야! 달려, 니콜라스!

나는 마음속으로 소리쳤다. 평소보다 훨씬 더 빠르게 달렸다. 파수꾼들이 어디서 튀어나올지 몰라 횃불을 방패 삼아 마구 휘둘렀다. 그들은 발소리를 내지 않으니까. 여기는 소리가 없는 곳이지 않은가.

고요 속에서 달리기란 생각보다 훨씬 힘들었다. 속도를 느끼기가 어렵기 때문이었다.

그래도 할 수 있어! 나는 꼭 해낼 거야!

드디어 지붕에서 새하얀 빛이 쏟아지는 자리에 다다랐다. 플랫폼의 갈라진 시멘트 틈새로 황금색 빛이 스며 나왔다. 나를 쫓던 파수꾼들은 저만치에 멈춰 서 있었다.

내 등 뒤 어두운 그림자 속에서.

그들은 감히 가까이 다가올 엄두조차 내지 못했다.

'과거로 여행을 너무 많이 했어.'

은발의 할머니가 어느새 다가왔다.

'맞아요.'

'이번엔 파수꾼들이 쉽게 물러나지 않을 거야. 결단코 너를 막으려 들겠지. 지붕에서 내려오는 빛도 없애고 네 손에 들고 있는 횃불도 꺼뜨리려고 하는구나.'

나는 겨우 숨을 고르며 물었다.

'정말로 그렇게 할 수 있어요?'

'뭐든 하려고 하겠지.'

어디 한번 두고 보자고 말하고 싶었지만 나는 애써 꾹 눌러 참았다. 대신에 활활 타오르는 횃불을 들고 우뚝 서서 당당히 말했다.

'저는 빛을 지닌 아이예요. 이 횃불은 절대로 꺼지지 않을 거예요!'

저 멀리, 오래된 집에서부터 터널 입구까지 이어지는 골목에 희미한 불빛이 보였다. 그 아래에 흐릿한 형체가 아른거렸다.

청년 한 명이 기차를 향해 걸어가고 있었다. 금발의 청년은 지금 마지막 여행을 떠나려는 참이었다. 금방이라도 넘어질 듯 다리를 휘청거렸지만, 얼마 뒤 무사히 기차에 올라탔다.

'저보다 먼저 엘리베이터를 타고 내려왔나 봐요.'

'그런 것 같구나.'

'집으로 가는 거겠지요?'

'그래, 그렇겠지.'

종착역은 어쩌면 좋은 곳일지도 모른다. 차분히 떠날 수 있다는 의미에서.

'참 이상해요. 삶이 끝난 사람들은 모두 한 방향으로 가고 있는데, 저는 과거와 현재 사이를 왔다 갔다 하고 있잖아요. 어떻게 이런 일이 있을 수 있지요?'

할머니가 어깨를 으쓱해 보였다.

'전혀 이상할 거 없어. 과거로 가는 길은 항상 있었거든. 네가 몰랐을 뿐이지.'

할머니는 내 손을 잡고 기차 쪽으로 걸어갔다. 지난번처럼 키가 커 보이지는 않았다. 다만 전보다 더 민첩하게 움직이는 듯했다.

'더는 지체할 시간이 없어.'

마치 이렇게 말하는 것 같았다. 웃음기도 완전히 사라졌다. 할머니는 입을 꾹 다문 채 기차만 뚫어져라 바라보았다.

이윽고 문이 열리자 차례로 기차에 올랐다. 빨간색 의자가 양쪽으로 줄지어 있었다. 할머니가 먼저 자리를 잡아 앉자 나는 짐짓 맞은편에 앉았다. 내 손에서는 아직도 횃불이 타오르고 있었다.

'미래로 갈까? 아니면 과거로 갈까?'

할머니가 물었다. 하지만 이미 대답을 안다는 듯한 표정이었다. 나는 목청을 가다듬으며 말했다.

'미래로요, 이 분 뒤 미래로요.'

할머니가 의아하다는 듯 다시 물었다.

'과거가 아니고?'

나는 고개를 끄덕였다.

'이번엔 미래로 갈 거예요.'

'그래, 그럼 어디에 내려 줄까? 도착할 곳을 알아야 하거든. 아직 일어나지 않은 일을 마주하게 될 텐데, 혼자 감당할 수 있겠니?'

'네, 엘리베이터에 내려 주시면 돼요. 이 분 뒤 엘리베이터 안에요.'

기차가 속도를 내기 시작했다.

파수꾼들이 또 엘리베이터 문 앞에서 나를 기다리고 있을지도 모른다. 그들은 언제까지고 그렇게 나를 기다릴 테지. 하지만 누구도 내 길을 가로막을 수는 없다.

맞은편 창 너머로 시커먼 바위 절벽이 빠르게 스쳐 갔다.

'시간이 됐어.'

'네.'

할머니는 무릎에 올려 둔 두 손을 기도하듯 마주 잡고

는 나직이 말했다.

'네가 돌아올 때쯤이면 나는 여기 없을 거야.'

할머니는 미소를 지으며 고개를 살며시 끄덕였다. 이윽고 은색 머리카락이 반짝이기 시작했다. 그러다 서서히 투명해지더니 완전히 사라지고 말았다.

이제 오롯이 나 혼자였다. 기차는 여전히 빠른 속도로 달렸다. 어둠을 뚫고 빛 쪽으로 점점 더 빠르게 나아갔다. 나는 횃불을 놓치지 않으려고 안간힘을 썼다.

횃불은 내가 가진 전부였다.

나는 이 빛을 절대로 놓치지 않을 거다.

마지막 인사

엘리베이터에 도착하자마자 본 건 역시나 거울에 비친 내 모습이었다. 눈가는 시커멨고 눈두덩은 퉁퉁 부었다. 창백한 볼과 뻣뻣하게 굳은 어깨가 안쓰럽게 느껴질 정도였다. 빨간색 후드 옷에는 군데군데 정체 모를 얼룩이 져 있었다.

곧 엘리베이터가 움직이는가 싶더니 층수 표시판이 작동했다.

나는 불이 켜지기를 기다렸다. 바깥으로 나가기 위한

불빛을.

깜깜한 어둠 속에서 횃불을 꼭 움켜쥐었다. 이번엔 왠지 천장의 불빛이 꽤 오랫동안 꺼져 있는 것 같은 기분이 들었다. 횃불만으로 어두컴컴한 엘리베이터 안을 밝히기에는 역부족이었다.

잠시 후 머리 위 불빛이 몇 번 깜빡이더니 천천히 불이 켜졌다. 드디어 미래에 도착했다. 이곳에서 어떤 모습의 엄마를 만나더라도 놀라지 않으리라고 다짐했다.

삶을 끝낸 엄마가 환자복 차림으로 내 앞에 있었다. 헐렁한 푸른색 셔츠와 바지, 양말도 신지 않은 맨발. 엄마는 환한 빛 속에 새하얀 얼굴로 서 있었다.

벽에 걸린 그림을 바라보는 걸까? 뭔가에 눈길을 사로잡힌 듯 정면을 빤히 응시하고 있었다. 그러다 갑자기 무엇을 확인하려는 것처럼 두 손으로 팔뚝을 쓸고서 배와 얼굴을 어루만졌다. 그러다 횃불을 들고 서 있는 나를 발견하고는 마치 초점을 잃은 듯이 멍한 눈으로 바라보았다.

엄마는 입술을 바르르 떨었다. 애써 입을 달싹였지만 말을 뱉지는 못했다.

'그냥 생각하면 돼. 그래도 다 들을 수 있어.'

내가 속으로 말하자 엄마가 슬며시 고개를 끄덕였다. 그러고는 엘리베이터에 올라타더니 내게로 다가왔다.

'니콜라스, 미안해.'

엄마의 첫마디였다. 엄마는 어디로 가는지 알고 있는 게 분명했다.

'너도 다 아는 거지?'

'응.'

지금 할 수 있는 대답은 하나뿐이었다. 나는 엄마 말이 무슨 뜻인지 명확히 알고 있었다. 미래로 온 거니까.

엄마가 말을 더 하려는 순간, 엘리베이터 문이 다시 열렸다. 평소와 달리 매우 어두웠다. 천장에서 내려오는 빛줄기가 가느다란 빨대처럼 너무나도 약했다. 문밖에 있는 파수꾼들은 단단히 결심이라도 한 듯 더욱더 사납게 으르렁거렸다.

이번엔 나를 잡을 수 있다고 생각하는 걸까? 파수꾼들은 나를 만만히 본 게 틀림없다. 그러니까 내 횃불을 얕본 거다. 여전히 밝게 빛나는, 절대로 꺼지지 않을 내 안의 빛을.

나는 칼을 휘두르듯 횃불을 마구 휘둘렀다. 그 서슬에 작은 불씨가 공중에서 타닥타닥 소리를 내며 흩날렸다. 마치 철이라도 녹일 듯한 강한 불꽃이 일었다. 어둠 속을 기어 다니는 존재들에게는 더없이 두려울 불꽃이었다. 파수꾼들은 쉭쉭 소리를 내며 이내 움츠러들었다.

나는 엄마 손을 꽉 잡았다. 우리는 앞으로 잽싸게 나갔다. 내가 조금 앞장서고 엄마가 뒤따랐다. 우리를 가로막는 것들을 향해 뚜벅뚜벅 나아갔다. 파수꾼들이 덤비려 할 때마다 더 이상 다가오지 못하도록 횃불을 높이 치켜들었다.

이제 됐다! 드디어 파수꾼들을 뒤로하고 낡은 기차의 운전칸 앞에 도착했다. 발갛게 타오르는 불빛 때문에 지붕이 전보다 높이 솟아 보였다. 어느새 초록빛 식물들이 시커멓게 시들었고 갈라진 콘크리트 틈새로는 거미줄이 이리저리 얽혀 있었다.

나는 불쑥 뒤를 돌아보았다. 엄마는 겁에 잔뜩 질린 표정이었지만, 나를 보고는 미소를 함빡 지었다.

'내 말이 맞지? 니콜라스, 넌 빛을 지닌 아이야. 늘 그래 왔고, 앞으로도 그럴 거야.'

96번째 메모

주어진 시간이 딱 한 시간뿐이라면, 쓸데없는 말을 하느라 시간을 허비하지 말 것.

나는 손으로 역을 가리키며 플랫폼으로 어서 올라가라고 말했다.

'엄마, 저기로 가면 돼. 빛이 드는 창문 쪽으로.'

이윽고 터널을 빠져나오자 밤하늘에 별들이 나타났다. 작고 하얀 구름과 동쪽 하늘에 뜬 초승달 사이로 별이 촘

촘히 박혀 있었다. 엄마는 하늘을 쳐다보며 감탄 어린 목소리로 말했다.

'니콜라스, 저기 좀 봐! 별이 참 예쁘다. 난 별이 좋아.'

엄마는 정말로 별을 좋아했다. 그건 나도 잘 알고 있었다.

그때 갑자기 엄마가 몹시 아팠을 때처럼 가슴을 움켜쥐었다. 나는 침착하게 행동했다. 절대로 엄마를 재촉해선 안 돼. 우리에게는 아직 오십 분이 남아 있으니까.

엄마와 함께 보내는, 마지막 시간이다.

종착역에 있는 집은 생각보다 아름다웠다. 전에는 멀리서 바라보기만 해서 잘 몰랐다. 벽에 붙인 갈색 나무판자에 니스를 발라 반짝반짝 윤이 났다. 심지어 지붕 한켠에 굴뚝도 있었다. 창문으로 환한 빛이 새어 들어와 시린 마음을 따사로이 어루만져 주는 것만 같았다.

문득 지난 크리스마스가 떠올랐다.

그때 엄마가 창문 안쪽을 들여다보며 환호했다.

'진짜 예쁘다! 저기 좀 봐. 정말 아름다워!'

나는 유리창에 손을 대고서 바짝 기댔다. 하지만 아무리 둘러봐도 텅 빈 대기실에는 낡은 의자와 바닥에 놓인 커다란 시계뿐이었다. 시계는 마치 기념비라도 되는 양 한가운데에 우뚝 솟아 있었다.

'아무것도 없는데.'

엄마가 내 어깨에 손을 얹으며 어딘가를 열심히 가리켰다.

'너랑 엄마랑 아빠잖니? 작년에, 우리가 한바탕 크게 웃었던 그날 저녁 말이야. 엄마는 저기 보이는데 아직 못 찾았니?'

나는 아무 대답도 할 수 없었다. 엄마 눈에만 보이는 모습이었다. 할머니가 나에게 했던 말이 떠올랐다. 마지막 시간에 인생에서 가장 행복했던 순간을 마주한다는…….

나는 눈물을 주르르 흘렸다. 엄마가 가장 행복했던 시간에는 내가 함께 있었다.

우리는 한동안 수다를 떨었다. 사소하지만 기분이 좋아지는 이야기들이었다. 내가 좋아하는 시나몬 빵처럼, 엄마가 좋아하는 치즈 샌드위치처럼, 아주 작고 평범한 대화로 남은 시간을 보냈다. 남들이 볼 땐 전혀 중요하지 않겠지만 우리에게는 의미가 깊은 이야기였다. 이를테면 그 사람을 그 사람답게 기억하는 일들이었다.

'그 케이크, 생각나?' 하고 내가 물으면 '앤드맘 케이크 말이지? 그럼! 세상에서 가장 맛있는 케이크였어.' 하고 엄마가 활짝 웃으며 대답했다.

따뜻한 바람이 발밑에서 살랑였다. 낙엽이 길을 따라 춤을 추며 우리 주위를 뱅뱅 돌았다. 엄마는 별을 우두커니 올려다보았고, 나는 별을 보는 엄마를 하염없이 바라보았다.

남은 시간은 이십오 분뿐이지만, 우리에게는 그걸로도 충분했다. 엄마는 아무 말 없이 내 손을 꼭 쥐었다. 이렇게 의자에 나란히 앉은 채 하고 싶었던 말을 모조리 쏟아 내리라.

'슬프니?'

'많이 겁나?'

엄마와 내가 동시에 물었다. 우리는 큰 소리로 웃었다.

'그렇게 겁나지는 않아. 최악의 상황은 끝났거든. 어쨌든 끝났으니까. 별거 아닌 것 같아.'

'그럼 이제 겁나는 게 없어?'

'아니.'

엄마는 한숨을 내쉬고 나서 밤하늘을 또다시 멀거니 바라보았다.

'혹시나 네가 잘 지내지 못할까 봐, 너무 외로워할까 봐 그런 게 겁이 나.'

나는 그 말에 몹시 슬퍼졌다.

'넌 어떻니? 많이 두렵니?'

엄마가 나를 바라보며 물었다.

나는 천천히 고개를 끄덕였다. 엄마한테 거짓말하고 싶지는 않았다.

97번째 메모

누구에게도 거짓말하지 말 것. 그 말이 마지막 말이 될 수도 있으니까.

'무서워. 그래도 예전보다는 조금 나아졌어. 작별 인사가 중요하다는 걸 알았거든. 그걸 제대로 잘하지 않으면 마음 한구석에 시린 상처가 남을 테니까.'

엄마는 내 머리를 살며시 쓰다듬었다.

'넌 영리한 아이야. 널 만난 건 엄마에게 최고의 행운이고. 앞으로 넌 수많은 사람을 행복하게 해 줄 거야. 그건 분명해.'

나는 입술을 깨물었다.

'나중에 책을 쓸까 해. 나처럼 슬프고 외로운 아이를 위해서. 그 아이가 혼자라서 힘들지 않도록. 누군가 함께 울어 준다는 걸 알면 기분이 조금 나아질지도 모르잖아.'

저 멀리 지평선 너머로 붉은빛이 선명하게 타올랐다.

'니콜라스, 우리 더는 울지 말자.'

나는 엄마 말에 고개를 끄덕였다.

'응, 그동안 많이 울었잖아. 엄마, 곧 기차가 올 거야.'

나는 뒤돌아보지 않고 말했다. 다른 말은 그냥 마음속에 깊이 묻어 두기로 했다. 이미 다 아는 말들이니까.

이윽고 콘크리트 바닥이 울리더니, 지금껏 한 번도 보지 못한 기차가 역으로 들어섰다.

'온통 분홍색이네?'

엄마가 기차를 바라보더니 환하게 웃으며 말했다.

'와! 그러네.'

나는 장난치듯 반응했지만, 사실은 정말로 멋진 기차였다. 분홍색 기차라니! 엄마가 분홍색을 좋아하니까 기차도 당연히 그래야 했다.

엄마는 내 얼굴을 찬찬히 살펴보았다. 마치 엄마 눈에 나를 가득 담으려는 듯.

'좀 달라진 것 같구나.'

엄마가 말했다. 어쩌면 진짜로 달라졌을지도 모른다는 생각이 들었다.

'우리 아들, 한번 안아 보자.'

'응, 엄마.'

98번째 메모

엄마 품에 안길 수 있는 마지막 기회라면 반드시 오랫동안 안겨 있을 것. 엄마 냄새와 촉감, 표정, 등, 어깨, 뒷모습을 모두 오래도록 기억하고 추억하기 위해서. 잡은 손의 느낌은 어땠는지, 엄마 숨소리가 어떻게 들렸는지, 머리카락이 내 목에 닿아 얼마나 간지러웠는지…….

귀와 귀를 맞대 보기도 하고, 서로 뺨의 온기도 느껴 보기도 하면서 그 순간을 오래오래 붙잡을 것. 먼 훗날 내 방에 누워 눈을 감고 있어도 엄마 냄새와 촉감, 표정, 등, 어깨, 손, 숨소리와 머리카락을 온전히 떠올릴 수 있도록 오래오래 안고 있는 거다. 엄마를 영원히 기억하려면, 절대로 잊지 않으려면.

모든 순간에는 끝이 있다. 엄마를 아무리 끌어안고 있어도 결국에는 끝이 난다. 더구나 엄마를 데려가려는 기차가 플랫폼에 도착해 있다면.

아쉬움을 가득 남긴 채 포옹은 끝이 났다.

엄마는 뒤로 돌아 천천히 걸어갔다. 나는 몸에 바늘구멍이 천 개쯤 뚫리는 듯한 기분이었다.

'곧 만날 거야, 나의 천사 니콜라스.'

'곧 만날 거야, 엄마.'

엄마가 기차에 오르자 문이 스르르 닫혔다.

나는 이제 마음껏 울 수 있다. 종착역에서, 별 아래에서 마음껏 울어도 된다.

의자에 털썩 앉는 순간, 산들바람이 불어왔다. 기차는 그렇게 떠났다. 완전히 사라져 버렸다.

나는 안녕이라고 말하지 않았다. 영원한 헤어짐이 아니니까. 우리는 언젠가 다시 만날 테니까.

그리 오래 걸리지는 않을 거다. 시간은 더딜 뿐, 영원한 건 아니니까. 그건 분명히 다르다.

집으로 돌아가는 길

이제는 엘리베이터가 너무나 친숙하다. 도대체 몇 번이나 탔는지 모르겠다. 지금 시각은 밤 11시 54분. 나는 다시 돌아와 의자에 앉아 스마트폰을 꺼냈다. 복도에는 적막이 흘렀다.

엄마는 아직도 여기에 있다. 이곳 3층, 28호실에. 하지만 0시 4분이 되면 엄마는 기차를 타고 떠날 것이다. 땅속 깊은 곳에서 이미 겪어 본 일이다.

나는 유튜브를 켰다. 래브라도레트리버가 창문 사이로

풀쩍 뛰어 밖으로 나간다. 주인이 잠시 한눈을 팔 때마다 풀쩍풀쩍 뛰는 모습이 재밌다. 다시 뒤로 돌려 본다. 혀를 내밀 때마다 드러나는 하얀 이빨이 빙그레 웃는 아이의 얼굴을 닮았다.

강아지가 진짜로 웃고 있었다. 나는 그 영상을 스마트폰에 저장했다. 보고 싶을 때마다 열어 봐야겠다고 생각했다.

웃음이 설핏 새어 나왔다. 강아지가 나를 웃음 짓게 만들었다. 뭐, 솔직한 웃음은 아니지만. 어쨌거나 지금은 웃고 있으니까 괜찮은 것 아닌가.

하하.

그때 동전을 떨어뜨리는 소리가 들렸다. 링컨 아저씨가 모퉁이를 돌아 나왔다. 언제나 그랬듯이, 아저씨는 내 옆에 말없이 앉았다.

"정말 놀랐어. 니콜라스, 넌 진짜로 놀라운 아이로구나."

아저씨가 허리춤을 추어올리며 말했다. 허리띠에는 정

찰봉이며 전등이며, 경비원들에게 필요한 물건들이 주렁주렁 달려 있었다.

아저씨는 곧 고개를 끄덕이며 '안녕.'이라고 말했다.

아저씨와의 만남도 이제 끝이 난 모양이었다.

벽시계가 0시 1분을 가리켰다. 이제 막 자정을 넘겼다. 나는 자리에서 일어나 엘리베이터가 있는 복도로 천천히 걸어갔다. 위층으로 올라가는 버튼을 누르고 문이 열리길 기다렸다. 엘리베이터에 오른 다음 3층 버튼을 눌렀다.

패리스 간호사 누나와 34병동 현관에서 마주쳤다. 간호사 누나는 나를 보더니, 서둘러 병실로 가 보라고 손짓했다.

다 알고 있어요.

나는 평소와 똑같이 행동하려 애썼다. 전혀 평소 같아 보이지 않겠지만.

병실 앞에서 간호사 누나가 잠시 멈칫했다. 병실 안쪽

을 살펴보고는 엄마 나이를 확인했다. 병실로 들어가자 아빠가 고개를 들고 물끄러미 바라보았다.

"니콜라스, 왔구나. 어디 갔다 왔니?"

아빠가 힘없이 속삭였다.

"그냥, 여기저기."

나는 아빠 옆으로 가서 의자에 앉았다.

0시 4분이 되었다.

"곧 있으면 엄마가 떠날 거야. 그래도 우리 최선을 다하자, 아빠."

나는 아빠 손을 꼭 쥐며 말했다. 아빠에게는 지금 무엇보다 나의 손길이 필요할 테니까.

아빠가 내 말에 놀란 듯 엄마 쪽으로 고개를 급히 돌렸다. 그러고는 깊은 잠에 빠져 있는 엄마를 가만히 바라보았다.

시나브로 끝이 다가오고 있었다. 그게 전부였다. 더 이상 할 말이 없었다.

얼마 후 패리스 간호사 누나가 아빠에게 커피를 가져

다주러 오다가 와락 울음을 터뜨렸다.

아빠와 나는 잠들지 못했다. 엄마를 두고 잠들 수는 없었다. 그저 앉아서 아침을, 조용한 태양을 기다렸다.

한여름이다. 나는 여름을 미워해야 할까? 모르겠다. 우리는 이제 떠나야 한다.

동이 텄다. 아빠는 몸을 잔뜩 웅크린 채 의자에 앉아 까무룩 잠이 들었다. 나도 어항 옆 의자에 앉아 깜박 졸았다.

어항에 머리를 기대었다. 물고기가 나를 쳐다보았다. 엄마를 잃고 잠든 소년을.

8시쯤 되자 누군가 나를 흔들어 깨웠다. 병원을 나오면서 아빠가 나를 꼭 끌어안았다. 아들도 잃을까 봐 걱정이 된 모양이었다. 이 모든 일이 꿈결처럼 흘러갔다.

전부 꿈이라면 어떡하지?

하지만 아빠에게는 아무 말도 하지 않았다. 그것조차

도 상처가 될 테니까. 내가 믿지 않는다는 사실도, 의문을 품는다는 사실도.

아빠는 택시를 타고 집에 가자고 했다. 우리는 병원 정문 옆 공중전화 부스 앞에서 택시를 기다렸다. 아빠가 스마트폰 너머 누군가에게 뭐라고 말하자 최대한 빨리 택시를 보내 주겠다고 했다.

"앉으면 또 잠들 것 같아. 도저히……."

아빠는 충혈된 눈으로 거리를 바라보며 말을 잇지 못했다. 가끔씩 그럴 때가 있다. 눈물이 말라 버리는 것처럼, 말도 말라 버리는 때가.

우리는 태양 아래 서 있었다. 둥근 태양이 빌딩 사이로 떠올랐다. 나뭇가지에서 새들이 지저귀는 소리가 들렸다. 새벽 같지 않게 요란한 모습이었다.

참 이상했다. 엄마가 죽고 나면 새들도 사라질 줄 알았는데.

"니콜라스, 가자!"

아빠가 택시로 다가가 문을 열었다. 아빠는 나와 함께 뒷자리에 앉았다.

나는 창밖을 가만히 바라보았다. 우리는 아파트로 향했다. 엄마가 없는 아파트로, 이제는 둘이서 지내야 하는 아파트로.

운전기사 아줌마가 목청을 큼큼 가다듬었다. 고개를 들었다가 룸미러에 비친 운전기사 아줌마와 눈이 마주쳤다. 선글라스를 쓴 아줌마는 어깨에 단추가 여럿 달린 파란색 재킷을 입고 있었다.

"피곤한가 보구나."

"네, 피곤해요."

나는 대답하고 나서 잠깐 생각에 잠겼다.

모든 것이 후회되었다. 나 자신을 믿지 않은 것도, 이야기를 의심한 것도. 아니, 그동안 일어난 일 전부 다.

태양 아래 그늘진 빌딩 그림자 속으로 병원 건물이 차츰차츰 사라졌다. 거대한 크레인이 재개발 구역 곳곳에서 있었다. 일 년 내내 그대로였다.

"온통 건설 현장이야. 안 그렇니?"

아줌마가 고개를 절레절레 흔들었다.

"여기, 병원 건물이 들어서기 전에는 기차역이 있었단다. 단선 기차였는데, 혹시 알고 있었니? 아주 오래전 일이야. 그사이 시간이 참 많이 흘렀지."

나는 고개를 끄덕였다.

"라디오 좀 켜도 될까요?"

"그러세요."

아줌마 물음에 아빠가 대답했다. 주파수를 맞추자 곧 노래가 흘러나왔다. 〈달빛이 흐르는 강〉이었다.

아빠는 짐짓 모르는 척했지만 아마 다 알 것이다. 엄마가 좋아하는 노래였으니까.

달빛이 흐르는 아주 너른 강.

언젠가는 너를 멋지게 건너갈 거야.

너는 나를 꿈꾸게 하고 마음을 아프게도 해.

네가 어디로 가든 나는 너를 따라갈 거야.

세상을 보기 위해 떠도는 두 사람.

세상에는 참으로 볼 게 많지.

아빠가 택시비를 내고 내리려는데, 아줌마가 몸을 휙 돌리더니 나를 바라보았다. 왠지 얼굴이 낯익었다.

"참, 거기서 마지막 열차가 떠난 시각이 0시 4분이라더구나. 1937년에 있었던 일이야."

나는 멈칫했다. 그때 아빠가 서둘러 내리라며 재촉했다. 뭔가 더 물어보고 싶었지만 택시에서 내려야 했다.

택시 안에서 운전기사 아줌마가 손을 흔드는 모습이 보였다. 아줌마가 모자를 벗자 긴 머리카락이 은빛으로 반짝였다.

99번째 메모

훗날 잊어버릴 것만 같다면 어딘가에 꼭 적어 둘 것. 평생 기억할 수 있도록, 나 자신을 믿을 수 있도록.

엄마가 없는 여름이 가고 가을이 왔다.

예전의 나라면 계절을 있는 그대로 받아들이지 못했을 거다. 창밖에 보이는 작은 공원의 나무들이 낙엽을 하나둘 떨어뜨렸다. 거리가 노란색과 갈색으로 물들어 알록달록해졌다. 밤은 추웠고, 하늘은 파랬다. 수정처럼 투명한 별들이 여기저기 떠 있었다.

아빠는 이제 눈물을 흘리지 않았다. 하지만 나는 엄마 생각을 많이 했다. 밤에는 심장이 쿵 내려앉아 얼음처럼 차갑게 식곤 했다. 그럴 때마다 엄마를 떠올리면 금세 마음이 따뜻해졌다.

저녁을 먹고 나면 습관적으로 책상에 앉아 종이와 펜을 들었다. 그동안 내가 깨달은 걸 한 글자씩 한 글자씩 써 내려갔다. 다른 사람들도 알 수 있도록.

밤마다 우는 사람들을 위해서 가슴속에 담긴 이야기들을 끄집어냈다. 우리 아빠 같은 사람들을 위해서, 그리고 나 같은 아이들을 위해서, 시린 가슴에 햇볕이 들지 않는 사람들을 위해서. 어쨌든 계속 써 내려갔다.

지금은 0시 30분. 나는 여기에 있다.

나는 살아 있다.

나는 살아 있지만, 어떤 이는 사라진다.

처음에는 이곳에 있지만 마지막에는 이곳을 떠난다.

0시 4분

첫판 1쇄 펴낸날 2024년 3월 15일
2쇄 펴낸날 2024년 6월 27일

지은이 코니 팔름크비스트 **옮긴이** 윤경선
펴낸이 박창희
편집 홍다휘 백다혜 **디자인** 배한재
마케팅 박진호 **홍보** 김인진 **회계** 양여진 김주연

펴낸곳 (주)라임
출판등록 2013년 8월 8일 제2013-000091호
주소 경기도 파주시 심학산로 10, 우편번호 10881
전화 031) 955-9020, 9021 **팩스** 031) 955-9022
이메일 lime@limebook.co.kr **인스타그램** @lime_pub
홈페이지 www.prunsoop.co.kr

ISBN 979-11-92411-94-1 44850
979-11-951893-0-4 (세트)